풀잎

.

아시아에서는 《바이링궐 에디션 한국 대표 소설》을 기획하여 한국의 우수한 문학을 주제별로 엄선해 국내외 독자들에게 소개합니다. 이 기획은 국내외 우수한 번역가들이 참여하여 원작의 품격을 최대한 살렸습니다. 문학을 통해 아시아의 정체성과 가치를 살피는 데 주력해 온 아시아는 한국인의 삶을 넓고 깊게 이해하는 데 이 기획이 기여하기를 기대합니다.

Asia Publishers presents some of the very best modern Korean literature to readers worldwide through its new Korean literature series ⟨Bilingual Edition Modern Korean Literature⟩. We are proud and happy to offer it in the most authoritative translation by renowned translators of Korean literature. We hope that this series helps to build solid bridges between citizens of the world and Koreans through a rich in-depth understanding of Korea.

바이링궐 에디션 한국 대표 소설 **103**

Bi-lingual Edition Modern Korean Literature 103

Leaves of Grass

이효석
풀잎

Lee Hyo-seok

ASIA
PUBLISHERS

Contents

풀잎

Leaves of Grass

—시인 월트 휘트먼을 가졌음은 인류의 행복이다.

1

"세상에 기적이라는 게 있다면 요 며칠 동안의 제 생활의 변화를 두구 한 말 같어요. 이 끔찍한 변화를 기적이라구밖엔 뭐라구 하겠어요."

부드러운 목소리가 어딘지 먼 하늘에서나 흘러오는 듯 삼라만상과 구별되어 귓속에 스며든다.

준보는 고개를 돌리나 먹 같은 어둠 속에서는 그의 표정조차 분간할 수 없다. 얼굴이 달덩어리같이 흰하고

Poet Walt Whitman, God's gift to humankind.

1

"It's a miracle—how else would you describe the incredible changes in my life these last several days?"

Shil's downy voice flowed to Chun-bo like a stream from the distant heavens, distinct from all else in creation. He could distinguish nothing of her in the inky blackness, could only reconstruct from his impressions her double lids and the lucid grape-like irises of the eyes in her full-moon face.

쌍꺼풀진 눈이 포도알같이 맑은 것을 며칠 동안의 인상으로 그러려니 짐작할 뿐이다. 실과 사귄 지 불과 한 주일이 넘을락 말락 할 때다.

"그건 꼭 내가 하구 싶은 말요. 지금 신비 속에 살고 있는 것만 같아요. 이런 날이 있을 줄을 생각이나 해봤겠수. 행복은 불행이 그렇듯 아무 예고두 없이 벼락으로 닥쳐오는 모양이죠."

"되레 걱정돼요. 불행이 뒤를 잇지 않을까 하는. 그만큼 행복스러워요."

"행복이구 불행이구 사람의 뜻 하나에 달렸지 누가 무엇이 우리들을 어떻게 할 수 있단 말요. 사람의 의지 같이 무서운 게 세상에 없는데."

"그 말이 제게 안심과 용기를 줘요. 웬일인지 자꾸만 겁이 났어요. 낮과 밤이 너무두 아름다워요. 모든 게 요새는 꼭 우리 둘만을 위해서 마련돼 있는 것만 같구먼요."

방공 연습이 시작된 지 여러 날이 거듭되어 밤이면 거리는 등화관제로 어둠 속에 닫혀졌다. 몇 날의 밤의 소요를 계속하는 두 사람은 외딴 골목을 골라 걸으면서 단원들의 고함을 들을 때 마음의 거슬리는 것이 없지는

It was only about a week that they had been to-gether.

"My thoughts exactly. It's magical, I'm still pinching myself. And I thought it was only misfortune that comes out of the blue."

"The thing is, I'm so happy it scares me. What if trouble sneaks in?"

"Happy or unhappy is up to us. Nothing and no one can make us one way or the other unless we want to go along with it. The power of the will is amazing."

"Thank you, I feel better already, stronger too. I just wish I could explain why I've been so scared—I mean, every day and every night is beautiful, like it's all just for us."

The air raid drills had continued for days, the blackouts at night locking the streets in darkness. He was irritated when the drill squads screamed warnings at them during their strolls down the des-olate alleys, but the shouts were a small price to pay for the privilege of being alone together at a time when life felt so meaningful. *Besides, shouldn't we subjects be granted a night of freedom for completing our daily labors?*

Losing his wife just shy of a year ago, he had bat-

않았으나 평생의 중대한 시기에 서 있는 준보에게는 그 정도의 사생활의 특권쯤은 그다지 망발이 아니리라고 생각되었다. 하물며 낮 동안에 일터에서 백성으로서의 직책과 의무를 다했다면야 그만큼의 밤의 시간은 자유로워도 좋을 법했다.

아내를 잃은 지 채 일 년을 채우지 못했으나 그 한 해 동안의 적막이 준보에게는 지난 반생의 어느 때보다도 크고 쓰라린 것이었다. 사랑 속에 있으면서 때때로 느끼는 적막감은 오히려 사치한 감정이요, 사랑을 잃었을 때 비로소 사람은 사랑이라는 것이 단순한 추상적인 용어가 아님을 절실히 느끼게 된다. 야심이며 희망이며 청춘의 모든 욕망을 가리고 바치고 걸러서 마지막으로 쳇바퀴 속에 남는 것이 역시 사랑임을 새삼스럽게 느낀 듯도 했다. 준보에게 사랑이 없는 것은 아니었다. 쉴 새 없이 뒤를 이어 그 무엇이 앞에 나타나고 생활 속에 스며들기는 했으나 그 전부가 반드시 사랑이라고만도 할 수는 없었다. 사랑으로까지 발전하기 전에 선 채로 끝나버린 적도 있었고 단순한 감상적인 경우도 있었고 또 일시의 허물에 지나지 않는 때도 있었다. 동무들이 그를 염복가라고 부러워하는 그런 의미의 행복감의 연속

tled loneliness more wrenching than any other in the half span of his life till then. He felt to the bone that the loneliness you sometimes experience when you're in love is a luxury, and when that love is gone you realize it's not just an abstraction. Was love what was left after you've sorted and sifted all of your ambitions, your hopes, your youthful desires? It was not that he'd never experienced love. Ever since he'd known better, he'd been aware of new flickers of feeling infiltrating his life, but he couldn't necessarily call those feelings love. Before the relationships reached that point they flopped, or they were exposed as sentimentality, or they were doomed by an innocent mistake of his. Jealous friends accused him of being a ladies' pet, and assumed he enjoyed never-ending happiness. He didn't agree. Plenty more women emerged after his wife's death, affording him more abundant pleasure in a year than he'd enjoyed in a decade with her, but he couldn't dispel the dreariness that fettered him. More than the rapture he felt with the new ladies was the weight of the sadness and regret he felt toward his wife. In the chromatic and splendid sphere of his married life, she was his sole lover. It had taken her death to make him realize that among

속에서 살아왔다고는 생각되지 않았다. 아내를 잃은 후
만 해도 지난날의 어느 때보다도 인물들은 가장 많이
나타나서 그 짧은 일 년이 다른 때의 십 년 맞잡이는 되
게 풍성풍성은 했으나 마음속을 파고드는 한 줄기 쇠사
슬 같은 쓸쓸한 심사는 어쩌는 수 없었다. 현재의 만족
감 이상으로 가버린 아내에게 대한 슬픔과 뉘우침이 큰
까닭이었다. 결국 준보는 그를 둘러싼 화려하고 다채하
게 장식된 분위기 속에서 단 한 사람 아내를 사랑해 왔
다고 할까. 비늘구름 같은 자자부레한[1] 꿈의 조각들을
허다하게 가슴속에 가지면서도 단 하나 아내에게 사랑
을 길러오고 북돋아왔음을 아내를 잃은 후에야 비로소
자각하게 된 셈이다. 아내의 추억 속에서 남은 반생을
살아야겠다는 순교자다운 경건한 마음을 먹어본 적도
없지는 않았으나 준보의 체질과 기질로는 필경은 당치
않은 길만 같아서 역시 다음 숙명을 기다리는 희망이
그 어디인지 마음 한 귀퉁이를 흐르고 있었다. 사랑을
얻는 것도 잃는 것도 다 같이 하나의 숙명적인 인연이
다. 아내를 대신할 만한 정성과 열정이 아무 때나 작정
된 때에 반드시 차려져 오려니 하는 기대가 없다면 사
실 살인적인 그 한 해의 고독은 견디어올 수 없었을는

14

all the dreams he had ever harbored, wispy as clouds in a mackerel sky, the only one he had developed was the nurturing and kindling of the sole love of his life. At times he swore he should spend the remainder of his life stoic as a clergyman in remembrance of her, but other times, mindful of his constitution and temperament, he knew this was unthinkable, and in a recess of his mind he allowed his wishful thinking to flow until fate next summoned him. Love gained, love lost, it was all up to fate, which would surely arrive, though he knew not when, to replace his ardent passion for his wife. If not for such beliefs, he would not have endured the yearlong solitude that he had begun to feel would be the death of him. To rebuild a broken home, to plan a new life, to overcome solitude through meaningful work—these were the eternal tasks by which people managed their existence. Seeking creative construction in place of self-destruction brought happiness to humankind.

And Shil was the woman fate had allowed him to discover. Had fate acted too soon? Then again, discovery often has the impact of a bombshell. After his wife's passing he had rock-skipped his way through various relationships, but none of them felt

지도 모른다. 헐어진 가정을 쌓아서 새로운 생활을 설계해야 하고 고독을 다스려서 보다 높은 사업을 이루어야 함이 인간 경영에 주어진 영원한 과제인 까닭이다. 자멸의 길을 버리고 창조의 길을 찾아야 함이 인류의 행복을 가져오는 까닭이다.

다음 숙명을 준보는 실에게서 발견했다고 생각했다. 너무도 빠르고 이른 발견인지는 모르나 발견이란 원래 그렇게 당돌하고 돌발적인 것이다. 실 이전에 나타난 뭇 인물 중에서 숙명의 대상을 보지 못하고 띄엄띄엄 몇 고비를 넘어가서 하필 실에게서 그것을 찾아낸 것도 숙명의 숙명 된 까닭일 듯싶었다. 애써 말한다면 간 아내가 가졌던 인상의 그 어떤 향기를 그에게서 맡은 까닭이라고나 할까. 그 어디인지 구석구석 방불한 곳이 있어서 그것이 모르는 결에 준보의 마음을 끌어당긴 모양이었다. 불과 며칠에 감정이 통하고 정서가 합하고 생각과 취미가 맞음을 알았다. 걸어드는 피차의 걸음이 무섭게도 빨랐다. 술래잡기의 술래같이 왈칵 서로 부딪혀서 이마가 맞닿았을 때 깜짝들 놀라면서 그 며칠 동안의 순식간의 변화를 기적이니 신비니 하고들 느끼는 수밖에는 없었던 것이다. 두 사람에게 다 기적이요 신

induced by fate. What then was so conclusively fateful about his discovery of Shil? If forced to explain, he might have said that before he knew it, in every aspect of Shil he caught the scent of what his wife had meant to him. In a matter of days he and Shil were as one in their feelings and sentiments, their thoughts and tastes. It had happened so fast, like bumping heads in a game of hide-and-seek, it was unsettling. How else to explain this instantaneous change in their lives but through miracle and mystery? Perhaps that was the essence of love—miracle, mystery, dreams.

"All I've ever wanted was a man deserving of my utmost respect. My life has been a long, complicated journey, I've done a lot of wandering. But that journey is over. I'm starting all over again. Today. With you."

"Respect—you've given me more of that than anyone I've ever met. People like to say they like each other, but love is more radiant when it's infused with respect."

Arm in arm they traversed the up-and-down streets that led to the Civic Center, their minds burning brighter in the pitch dark around them. But as they traveled the byways of their love, it was their

비요 꿈이요—사랑이란 그런 것인지도 모른다.

　"세상에서 꼭 한 사람 제일 존경할 수 있는 분을 찾자는 것이 오늘까지의 저의 노력이었어요. 복잡하다면 복잡할까. 지난날은 제겐 오늘 이 목표에 이르기까지의 오랜 방랑 생활이었다구두 할 수 있어요. 그 방랑이 오늘 끝났어요. 선생을 만나자 생애가 새로 시작됐어요."

　"당신같이 날 존경하는 사람두 난 드물게 봤소. 세상 사람들은 흔히 서로 좋다는 말만들을 하는데 그 위에 존경할 수 있다는 것은 사랑에 한층 빛을 더하는 것이라구 생각해요."

　공회당 앞 언덕길을 몇 차례나 오르내리며 지척을 분간할 수 없는 어두운 거리를 눈앞에 짐작만 하면서도 두 사람의 마음속은 점점 밝아가고 빛나갔다. 사랑의 길은 의론하지 않아도 제물에 옳게 찾아진다. 그렇게 해서 두 사람이 며칠 동안에 찾아낸 길은 지도에도 오르지 않았을 지금까지 걸어본 적도 없던 여러 갈래의 숨은 길이었다. 좁은 골목을 들어서 주택 지대를 올라서니 바로 서기산 뒤턱이었다. 아직 낙엽지지 않은 나무들이 지름길 양편에 늘어서 어두운 속에서 한층 으슥하고 깊은 느낌을 준다. 산 위 주택에서 새어 나오는 한

feet and not their minds that guided their move-
ment, and during the few days they'd known each
other they'd found out-of-the-way lanes, hidden
and unmarked. And now, snaking through a narrow
alley, they came upon dwellings—they were at the
back side of Sŏgi Mountain. The path ahead was
flanked with broadleaf trees still laden with foliage,
rendering them all the more secluded in the dark.
There, a sliver of light, escaping from the window
of a home on the slope above. How warm and
snug it looked.

"I just wish I'd met you earlier. If only you were
my first...how happy I could have been... All the
hurt I've experienced, it makes me shiver."

Beneath a tree she removed her arm from his and
stood a short ways off—but still near enough that
he heard her faint breathing. He had the odd sen-
sation his fingers were passing across her scars.

"I wish you didn't have to talk about that. Do we
need to keep tending to old wounds that are al-
ready healed?"

"What *you* need is to hear me out, just once, like
it or not. I know, ignorance is bliss. But doesn't
knowledge make it easier to empathize and rise
above it all?"

줄기의 창의 등불이 두 사람의 마음을 상징하는 듯 따뜻하고 포근하다.

"커다란 한이 있어요. 왜 선생을 더 일찍이 못 만났던가 하는, 제일 처음 만난 어른이 선생이었더면 얼마나 더 행복스러웠겠어요. 지난날의 상처를 생각하면 몸에 소름이 돋군 해요."

나무 그늘 아래에 이르자 실은 준보에게서 팔을 뽑고 몸을 떼면서 가늘게 한숨을 쉬는 것이 들렸다. 준보도 대강 말의 뜻을 짐작할 수 있어서 그 역 자기의 상처에 손이 닿는 것도 같은 일종의 야릇한 감정이 솟았다.

"난 그런 소리 듣기를 좋아하지 않는데. 괜히 다 아문 허물을 다시 따짝거릴[2] 필요가 있을까."

"좋아하시든 안 하시든 한 번은 모든 것 다 들어주세야죠. 무지의 행복을 저두 잘 알아요. 그러나 정작 필요한 건 지식을 거친 이해와 달관이 아닐까요."

"과거를 말한다면 피차일반이지 누군 샘 속에서 솟아나온 동잔가요."

"선생님이 그렇게 이해하시는 것과 똑같이야 어디 세상이 봐요. 항상 오해와 악의를 더 많이 준비해 가지고 있는 세상인데요."

"Everyone has a history. None of us popped out of the sky."

"How wonderful if others were graced with your view of the universe. But you know as well as I do that the world has a lot of misunderstanding and malice up its sleeve."

"I do know that, and I'm going to fight off that world till the end, I'm going to fight it with passion. Whatever you've been hearing, nothing is going to cool my feelings for you, I swear."

But in spite of his protestations, she laid bare her past, layer by filmy layer, testing his determination to steel his mind and prove himself worthy. And what he heard made him shudder. There was of course her checkered life until age 19, and her liaisons with the businessman, the writer, and the socialist, the broad outlines of which he had gleaned from others, but the details she now added in the face of his coolness challenged him to brace up and listen. He began to feel sorry for himself—because he was playing fourth fiddle behind those other three? To be sure, they had every right to love her and it was no one else's damned business. But why did the world have to be so messy? On the other hand, no fruit in a virgin forest is left to

"무엇이 귀에 들리든 지금의 내 열정을 지울 힘이 없음을 장담해두 좋아요. 난 거저 이 열정만을 가지구 모든 것과 항거해 볼라구 해요."

그러나 실은 조심조심 한 꺼풀씩 자기의 과거를 벗기기 시작했다. 시련이나 받는 선량한 교도와도 같이 준보는 마음을 다구지게 먹고 굳은 몸을 약간 떨고 있었다.

실은 열아홉 살까지의 명예롭지 못한 직업 시대의 사정을 말하고 다음 세 사람의 이름을 들면서 각각 세 경우를 이야기했다. 대략 거리의 소문으로 스쳐 들은 재료를 좀 더 자세히 고백한 것이었으나 준보는 침착한 태도에도 불구하고 그것을 듣는 동안 커다란 용기가 필요했다. 실업가와 문학청년과 사회주의자의 세 사람이 다 같이 실의 애정을 요구한 것은 인간으로서의 특권인 것이니 누가 만류할 수 있었으랴만, 다만 슬프다면 준보가 그들보다 뒤져서 실을 알게 된 사실이었을까. 깊은 원시림 속에 아무도 모르게 맺힌 한 송이의 과실을 누가 원하지 않으랴만 세상은 도대체 복잡하다. 번거로운 곳이다. 원시림 속에 과실이 어느 때까지나 눈에 안 뜨이고 몸을 마칠 리는 없는 것이다. 준보에게 필요한

rot. What he needed now was the selfsame passion and courage he had just voiced. Not until today had he realized that love required courage—an epiphany that would be his new growth ring.

"I just want to cry. Why did my life have to start like that?" Voice quavering, she fled to the deeper darkness beneath the tree, sank back against the trunk, and fell silent. When he tiptoed to her, she plunged into his bosom, whimpering. Her hands were cold to his touch.

"Forgive me, it's not pleasant, I know. But I'm finally realizing it's meaningless, all of it. Now I know true love. Today. For the first time. Believe me, please."

"I will—if you promise not to worry. I love you now, not back then. I love who you are, not who you were or what you did. I love your face, your refinement and your interests, I love your personality. I'm not here to dig up your past."

"But what happens when everyone learns about us? I can see the women jumping out of their skirts. Can you imagine the finger pointing, can you hear the tongues wagging? You're going to hate me."

"What, we need the world's approval to love each

것은 열정과 용기였다. 용기—지금까지 그는 사랑에 이것이 필요한 것임을 모르고 지내왔다. 오늘 그것을 알아야 할 날이 온 것이다. 그의 인생은 한 테두리 몫을 더한 셈이다.

"생각하면 울구만 싶어요. 왜 하필 인생이 그렇게 시작됐을까요."

실은 짜장 울려는 듯 나무 그늘 속으로 뛰어들더니 나무에 등을 기대로 고요히 섰다. 준보가 가까이 갔을 때 왈칵 몸을 던져오면서 코를 마셨다. 쥐이는 손이 몹시 차다.

"불쾌하셨으면 용서하셔요. 그러나 실상 지난 그것들은 아무것두 아니었어요. 사랑이 이렇다는 것은 오늘이야 처음 알았어요. 전 아무두 사랑하진 않았어요. 오늘 나서 처음으로 사랑을 알았어요. 이 말을 믿어주세요."

"걱정할 게 없어요. 오늘의 당신을 사랑했지 누가 지난 경력을 사랑했나요. 오늘의 그 얼굴과 교양과 취미를 사랑하고 인격을 존중히 하는 것이지 누가 지난날을 캐자는 것인가요."

"인제 세상이 둘의 새를 알고 펄쩍들 뛰구 와글와글 끓으면 어떻게 하시겠어요. 그땐 제가 싫어지겠죠."

other? To hell with what others think—we have our own life to live. And I'm not very good at kissing up to people."

Summoning courage and composure from deep within her sorrow, she took the arm he offered and they groped their way downhill. The streets were as pitch dark as ever, but then the all-clear sounded to end the air-raid drill, and here and there lights winked on. Some areas were brighter and some dimmer, the disparate illumination mirroring their unsteady state of mind.

No one had yet emerged from the buildings on the knoll—the girls' school and the dormitory, the chapel and the clinic—and when they arrived at the alley below, he decided to brighten her spirits.

"Tell me, what else should I love about you besides your love of music? Frankly, my dear, I don't give a damn about your past. I do give a damn about a woman who studied music in Tokyo—which is what you were doing when you came into my life, correct?"

She snorted. "Well, look at me, a hotshot musician. But don't get your hopes too high, or you'll be sorely disappointed."

He chuckled. "Remember how you seduced me?

"사랑두 세상 눈치 봐 가면서 해야 되나. 세상을 좀 멸시하면선 못 살아가나. 난 남의 비위만 맞추면서 사는 사람이 못 되는데."

실은 슬픈 속에서도 얼마간 마음이 놓이고 용기를 회복했는지 준보의 뜻대로 다시 팔을 걸고 길을 더듬어 내렸다. 거리는 여전히 어두우나 공습 해제의 틈을 타서 등불이 군데군데 비치어 약간 훤해졌다가는 다시 어두워지곤 했다. 흡사 두 사람의 마음속 같이 한결같지 못한 밤이었다.

"내가 지금 사랑하는 게 음악가 이외의 무엇이란 말요. 동경 가서 공부하는 음악학도를 사랑하는 것이지 지난 이력이 내게 아랑곳이란 말요. 원래 당신이 내 앞에 나타날 때 그런 자격 이외의 무엇으로 나타났게."

여학교가 있고 기숙사가 있고 교회당이 있고 병원이 있는 조용한 둔덕 골목길을 들어섰을 때 준보는 실의 심정을 좀 더 즐겁게 낚아보고 싶었다.

"이 알량한 음악가. 괜히 온전한 음악가로 여기셨다가 되레 실망이나 마셔요."

"날 처음에 유혹해낼 때 음악의 이름을 빌지 않구 어쩠소.「토스카」를 들으러 오라구 전화가 왔을 때 내가

You plied me with music. 'Come listen to *Tosca*.' What a charge that gave me."

She giggled, and suddenly the knots in their hearts came undone. A piano sounded from the direction of the dormitory, an obbligato to the unraveling of their sentiments. Ushered together heart and soul by the night, they drew close to each other.

Come listen to the new records, she had told him over the phone. Recordings of *Tosca, La Bohéme, Madame Butterfly*. It took him half a day to recover from the shock. Until then he had seen her but a handful of times, a lady with a gentle but cheerful disposition, as he recalled. The pluckiness of the sudden invitation seized him and wouldn't let go. It was a good thing she had called him, he ultimately decided. That she was the one to ignite their incip-ient feelings for each other had fueled the meek Chun-bo with courage.

That evening, at a corner table in her sister's café, they found a world of their own, far from the realm of the operas.

"You must have been shocked. Did you catch some teasing? Actually I had to talk myself into it. I hope you don't think of me as a giddy girl, coming at you from out of nowhere."

얼마나 놀란 줄 아우."

준보가 웃는 바람에 실도 따라서 웃게 되어 그 웃음으로 말미암아 엉겼던 마음이 활짝 풀려지는 것도 같았다. 여학교 기숙사에서인지 문득 피아노 소리가 들려온 것도 그 한때의 호흡을 맞추어주는 셈이 되어서 개어가는 두 사람의 감정의 반주인 양 싶었다. 마음의 거리와 같이 몸의 거리도 밤의 힘을 빌려 가까울 대로 가까웠다.

「토스카」와 「라보엠」과 「마담 버터플라이」 등의 가극의 신판을 새로 구했으니 들으러 오지 않겠느냐는 뜻의 전화를 실에게서 받던 날 준보는 의외의 소식에 당황해서 반날 동안 그 생각으로 머릿속이 가득 차 있었다. 그때까지 실을 만난 것이 서너 번, 그의 부드럽고 밝은 인상을 가슴속에 간직해 두었을 뿐이던 준보에게는 문득 한 줄기의 당돌한 직각이 솟으면서 그것이 마음을 억세게 지배하게 되었다. 전화를 건 것은 아무 편이래도 좋은 것이다. 두 사람의 준비된 감정에 불을 지른 것이 실이었다는 것이 조금 잔접한 준보에게 도리어 용기를 주는 결과가 되었던 것이다.

실의 형이 경영해 나가는 찻집 한구석에서 그날 밤

"Actually I was thrilled. I could never have made a call like that myself. But yes, I was shocked."

"What took you so long, anyway? Can you imagine how I've waited! It's more than a month since I last saw you. I was hoping you'd drop a line. That's why I put off my trip back to Tokyo. Maybe tomorrow, maybe the next day—that's what I was thinking... And here I am still on summer break, halfway into the fall. I don't quite understand it myself."

"Oh, that's right. You're studying music in Tokyo. Does it have to be in Tokyo?"

"Meaning, why not just give it up?"

"Well, if you're determined to quit and you're brave enough to back it up..."

"It all depends."

From the next night on, beginning at a hotel restaurant and moving about town, they had dinner together. One evening she presented him with a book of reminiscences about Dostoyevsky, written by the author's second wife. What could this gift mean? And then she explained that the couple had a deep understanding of each other and the writer dearly loved his wife. Chun-bo's eyes widened by the day as the depth of her knowledge of literature revealed itself.

두 사람은 가극의 신판을 듣는 것이 아니라 음악과는 먼 이야기에 정신이 없었다.

"따따가 전화를 걸어서 놀라셨죠. 동료들은 뭐라구 그러지들 않아요. 학교래서 그런지 전화 걸기가 거북했어요. 여자가 먼저 딜렁딜렁 나서는 걸 두렵다구 생각하시지 않았어요."

"기뻤죠. 제가 못 거는 걸 먼저 걸어주셔서. 물론 놀라기두 하구요."

"어쩌면 그렇게 한 번두 가게에 안 내려오셨어요. 속으로 얼마나 은근히 기다렸게요. 뵌 지 한 달이 넘었거든요. 전 그래두 행여나 먼저 전화 주시지나 않나 하구 생각하구 있었죠. 그 바람에 동경두 이렇게 늦었어요. 내일 떠난다, 모레 떠난다, 별려만 오면서 여름휴가로 나왔다가 늦은 가을까지 이게 무슨 꼴인지 모르겠어요."

"옳아 참, 동경 가서 공부하시는 학생이죠. 음악 공부쯤 아무데선 못 하나요."

"음악 공부쯤 그만두면 어떤가요―하구는 못 물으셔요."

"그럴 용기와 결심이 준비됐다면야."

"This humble reader has read everything you've written. I can't tell you how it's broadened my outlook. The feeling you have for everyday life, it's just like mine. Yu-rye, Kwan-ya, Mi-ran, Se-ran, Tan-ju, Il-ma, Na-a-ja, Un-p'a, Ae-ra—I can picture every one of their faces."

"Are they actually worth remembering—compared with the characters in the classics?"

"Such as...Beatrice, Helen, Hamlet, Gretchen? What's so important about *them*? For me, Mi-ran, Un-p'a, and all the rest—I feel closer to them."

"I swear, you're more literary than musical. If I may ask, what about Elisa? Is she to your liking?"

"This is getting to sound like an examination. Elisa? I don't like bitter women. I like her the least of all Gide's characters."

"Then how about Madame Shosha?"

"Aha, Thomas Mann. She's the opposite of Elisa— a bit vain but much more human. Now can we grade the test while I'm still ahead?"

"I hope you're having fun surprising me. From the classics to the modern—I never would have guessed. Knowing and not knowing literature are as different as heaven and earth. What could be more valuable than literature."

"경우에 따라선요."

다음 날 호텔에서 만찬을 같이한 것을 시초로 이곳저곳에서 식사를 함께하는 날이 늘어갔다. 하루 저녁 실은 처음 선사로 책 한 권을 가지고 왔다. 도스토예프스카야 부인이 기록한 『남편 도스토예프스키의 회상』이었다. 준보는 아직 읽지 못한 그 책의 뜻을 여러 가지로 짐작하다가 그들 부부의 사이의 이해가 컸고 남편에 대한 부인의 사랑이 깊었다는 실의 설명을 들으면서 그 선물의 의미를 대강 알아채었다. 한편 실의 문학적 교양에 준보는 차차 눈을 굴리기 시작했다.

"선생님의 소설 대개 다 읽었어요. 제 마음의 세상이 얼마나 넓어졌는지 모르겠어요. 생활 감정두 꼭 제 비위에 맞구요. 유례니, 관야니, 미란, 세란, 단주, 일마, 나아자, 운파, 애라—인물들의 모습이 지금 눈앞에 선히 떠올라요."

"그런 변변치 못한 이름들을 기억하지 말구 좀 더 고전 속의 중요한 인물들을 알아두는 편이 뜻있지 않을까요."

"중요한 인물들이라는 게 뭐예요. 베아트리체니 헬렌이니 햄릿이니 그레첸이니, 왜 하필 그런 인물들만이

"Could you please hold the applause—I'm afraid you're setting yourself up to be disappointed. I just want to learn, I'm greedy for knowledge, I want to know everything. I want to be able to have an intelligent conversation with you."

Amazing! Her intentions were admirable, but what really surprised him was her willingness to carry them out.

2

It was shortly afterward that he finally bid farewell to the house that had brought him so many misfortunes, including the loss of his wife, and moved to a house in the outskirts of the city—a decision hastened by the buoyant hopes arising from his new life.

He was more or less settled when she paid her first visit, clutching a bouquet of white, pink, and red carnations nestled in wax paper. She climbed the steps to the porch, slid open the door to the sitting room and marched in, then removed her coat and hung it over the back of a chair. "It's like an apartment, so spacious and open!" No sooner had she examined the framed sketch and flipped

중요한가요. 제게는 어쩐지 일마니 미란이니 운파니 하는 이름들이 더 가깝고 친밀하게 들려오는데요."

"어쩌면 그렇게 고전 문학에 행하단[3] 말요. 음악가가 아니구 문학가인 것처럼. 그럼 하나 물을까요. 알리사, 알리사는 어때요. 비위에 맞아요, 안 맞아요."

"멘탈 테스튼가요. 알리사─난 매운 여자는 좋아하지 않아요. 아마도 지드의 인물들 중에서 제일 싫은 것이 알리사일까 봐요."

"그럼 쇼샤는. 마담 쇼샤."

"토마스 만 말이죠. 마담 쇼샤는 아마두 알리사와는 대차적인 인물일 것이에요. 좀 허랑한 데가 있기는 하나 알리사보다야 훨씬 인간적이죠. 그럼 문학 시험은 이만 하세요. 그러다 제 짧은 밑천이 봉이 빠지겠어요."

"나를 점점 놀래게만 하자는 셈이지. 고전에서 현대 문학까지 그렇게 통달할 줄야 어찌 알았겠수. 문학을 안다는 게 인간으로서 얼마나 중요한 일인지 모르는데. 문학을 알구 모르는 건 하늘과 땅만큼이나 차가 있는데."

"너무 지나치게 평가하셨다 괜히 점점 실망이나 마세요. 그저 애서 공부할 작정이에요. 제겐 욕심이 많답니

through his books, than she swooped down on the vase on his desk and removed the sprig of colorful maple leaves and the ornamental grass, replacing them with the carnations. Would she never sit down? You would have thought she owned the place.

"I hope you like these. I found them at a flower shop that just opened up. Each color means something: white, I live with love; red, I trust in your love; and pink, the passion of my love for you. How about that?"

When he returned from the kitchen with a pot of coffee, she was playing the piano—a Chopin nocturne? The massive instrument, silent so long, filled the room with resplendent sound, revitalizing the sketch, the books, and the flowers, steeping them in joy.

"My goodness," she exclaimed, seeing him arrive with the tray, "all on account of me." She broke off playing and settled herself in a chair. "I want to be helpful, so promise me, starting tomorrow..."

"I know, it must look like a chore. Just think of it as a bachelor's prerogative."

"How are the girls? Chu-mi and Su-mi, right? I remember seeing them in that article in the ladies

다. 뭐든지 알구 싶어요. 선생님과 어울릴 수 있을 정도의 교양을 가지구 싶어요."

실의 결심을 장하다 생각하며 그의 철저한 마음의 준비에 준보는 짜장 놀라는 수밖에는 없었다.

　2

아내를 잃었을 뿐이 아니라 가지가지의 불행을 겪은 묵은 집을 떠나려고 벼른 지 오래이던 준보는 마침 이때를 전후해서 교외의 새집으로 이사를 하게 되었다. 새집에서는 마음도 같아지고 생활도 새로워지리라는 기대가 모르는 결에 그를 재촉했던 것이다.

대충 정돈이 되고 마음을 잡기 시작했을 때 비로소 실은 카네이션의 꽃묶음을 들고 찾아왔다. 층계로 된 포치를 올라서 도어를 열고 마루방에 들어왔을 때 코트를 벗어서 의자에 걸치더니,

"꼭 아파트의 방 같아요. 이렇게 넓고 높은 게―."

벽에 걸린 액 속의 데생을 쳐다보고 책장의 책들을 훑어보면서 속히 의자에 걸어앉을 염은 안 하고 책상 위 화병을 찾아서는 서슴지 않고 새 풀과 단풍 가지를

journal. They must miss their mom."

"They're in the next room. Probably playing, hope-fully studying too. Yes, I'm sure they're lonely, but I can only hope they're coping. And that they'll grow up to be strong."

"Your fatherly love must mean the world to them, but still, I look at them and think, those two little goldfish deserve to be warm and snug in the water of a mother's love. I know they're not mine, but even so, it pains me so much." She sipped her cof-fee in its glass cup, which he had served brimful, and her large eyes took on a sparkle of hope. "Next time I'll bring butter. Some American missionaries are leaving and they sold me a dozen pounds' worth—six two-pound containers stashed away in my sis-ter's refrigerator. You have to promise me you'll slather it over everything you eat—and enjoy it. Then you'll get fat like me."

"I appreciate the offer, but it seems I was fated to be skinny."

"We'll see. I'm dead set on fattening you up. I'll make a daily schedule, down to the last detail," she said, making shaping motions with her hands. "Meals, exercise, entertainment, study, all of it ac-cording to the scientific method, and you will gain

뽑아내더니 대신 파라핀지에 싸 가지구 온 카네이션을 꽂았다.

"꽃가게에 새로 나왔게 사 가지구 왔어요. 좋아하세요. 전 이 흰 것과 붉은 것과 분홍빛의 각각 그 뜻을 안답니다. 흰 것은—난 애정에 살구 있어요. 붉은 것은—난 당신의 사랑을 믿어요. 분홍은—난 당신을 열렬히 사랑해요."

준보가 부엌에 나가 포트에 커피를 달여 들고 들어오려니 실은 피아노 앞에 앉아 악보 없이 쇼팽의 야곡인지를 울리고 있는 중이었다. 오랫동안 적막하던 검은 기계체가 오래간만에 우렁찬 음향으로 방 안을 화려하게 장식했다. 음악 속에서 비로소 책들도 그림도 꽃도 생기를 띠우고 기쁨에 젖어 있는 듯싶었다. 그러나 실은 음악에서도 곧 물러나서 의자를 갈아 앉으면서,

"황송해요. 손수 이렇게 끓여 가지구 오실 법이 있나요. 내일부터라두 와서 거들어 드리구 싶어요. 그럴 수만 있다면 얼마나 좋겠어요."

"불편은 하나 독신자의 특권을 좀 더 향락해 보는 것두 좋을 것 같아서요."

"애기들은 다 어쩌구 있어요. 주미와—수미와 언제인

weight. Like me." She indicated herself. "Less than a year, I guarantee."

The gestures touched him, the sincerity of her concern for his health the outward expression of her love.

Her every word was equally pregnant with meaning, and he found his love for her deepening in proportion. He went to the piano and started a piece from the Bier exercise book, and before he knew it she was playing harmony on the higher keys, filling out the melody. How could a simple melody, clunky in his playing of it, become such a lovely duet? Feeling her balmy breath on his neck as he trod the pedal, he imagined himself breathing happiness with her.

"Why do you like me, anyway? Something about me must have piqued your interest?"

What silly questions, he thought. *The language of lovers.*

"It's because I study music? Or I like to read? Tell me."

"Do there have to be reasons? I just like you, what else can I say. If you don't mind me saying so, you don't have to be a *musician* or a *wordsmith* to fall in love. When a man and a woman love each

가 부인 잡지에 실린 가족사진으로 기억했었어요. 얼마나 쓸쓸들 하겠어요."

"저쪽 방에서 잘들 놀구 잘들 공부하구 하죠. 쓸쓸한 속에서 그 애들두 배우는 게 많을 것예요. 자라서 독립할 때 누구보다두 굳센 사람 되겠죠."

"아버지의 사랑두 크시겠지만 얼른 따뜻한 어머니의 애정 속에서 어항 속의 금붕어같이 흐뭇하게 젖어 살아야죠. 남의 일 같지만 않게 가엾어서 못 견디겠어요."

유리잔에 그득 담은 커피를 마시면서 실의 커다란 눈동자는 다시 희망에 빛나기 시작했다.

"다음번에 올 적엔 버터를 갖다 드릴게요. 미국 선교사들이 들어갈 때 팔고 가는 걸 여남은 폰드 사둔 게 있어요. 두 폰드들이 커다란 통이 아직두 대여섯 개 언니의 집 냉장고 속에 있다나요. 갖다 드릴게 문덕문덕 많이 발러 잡수셔요. 얼른 저만큼 살이 붙게요."

"난 원래 살이 붙지 말라는 마련인 것 같은데."

"두구 보세요. 제가 꼭 살찌게 해드릴게. 치밀한 일과표를 짜구 합리적인 생활 설계를 세우거든요. 음식과 운동과 오락과 공부와—과학적인 방법 아래에서 성공하지 않을 리가 없어요. 불과 일 년이 못 가 이렇게 되게

other, the fancy labels get left behind."

"That's what I wanted to hear. If you didn't like me just because I didn't care about literature, now that would be frightening."

"All right, now it's your turn—did you have a reason for loving me? That I was able to write a few lines? Or teach my students how to?"

"Not at all. I feel the same as you—it doesn't matter whether you're a writer, a teacher, or what. My heart would beat for you even if you were a farmer at the plow and a man with a wife. Of course it sounds better if you're a teacher, a writer, a musician, or a book-loving type, but if you're not, does love fly out the window? True love is blind and unconditional. I know, it sounds old-fashioned, but there's some moxie behind what I'm saying. You love first, and in time the reasons follow—isn't that how it works?"

"But just so you know, I'm poor today and I'll be poor tomorrow and the day after. The reason being I don't stand a chance of getting an inheritance and rolling in cash. Which means it won't be easy to make you happy with worldly possessions."

"If I had wanted to live in the lap of luxury, I wouldn't have waited a quarter of a century to begin looking

해 드릴게요."

두 손으로 커다란 테두리를 짜면서 과장된 형용을 하는 것이 준보에게는 더없이 신시어하게 들려서 마음을 울렸다. 진심으로 건강을 걱정해 줌같이 알뜰한 사랑의 표현이 없다. 실의 정성을 준보는 말끝마다 잡으면서 거기에 정비례해서 깊어가는 스스로의 애정을 느끼는 것이었다. 준보가 피아노 앞에 앉아서 바이어 교칙본을 펴놓고 간단한 곡조를 울릴 때 실이 뒤로 돌아와서 등 너머로 고음부를 짚으니 곡조는 듀엣을 이루어서 곱절의 우렁찬 화음으로 울렸다. 간단한 곡조의 듀엣은 아름다운 것이다. 간단하므로 서툴므로 아름다운지도 모른다. 준보의 목덜미에 실은 따뜻한 숨을 부으면서 준보가 밟는 페달에 맞추어 행복감을 호흡하였다.

"절 왜 좋아하세요. 어디가 좋아서 사랑하세요."

사랑하는 사람끼리는 으레히 어리석은 질문을 되풀이하는 법인가보다.

"음악을 하니까! 문학을 공부하므로? 왜 좋으세요. 말씀해 보세요."

"거저 좋은 것이지 사랑에 이유와 조건이 무에 있겠수. 실례의 말이지만 누가 그리 알랑한 음악가구 끔찍

for it. I may not look like it, but I do have my ideals, and I want you to know my expectations are higher than others'. You keep talking about reasons and conditions, so how about I ask a condition of you, just one—that you love me forever and keep your eyes to yourself. Can you do that?"

"Of course. Keeping my eyes to myself—that goes without saying. And I'm not one to monkey around."

"Well...that's not what I've heard. The word on the street—and I know what I'm talking about—is that you're quite the ladies' man. But you don't see me crying over that, do you? It doesn't hurt for a man to be popular—or a woman either, for that matter. I'd hate to think you were some petty old sad sack who had never enjoyed the company of a woman."

He turned the page to the next exercise, and they managed to divide their attention between the allegro tempo and their repartee.

"Excuse me for asking this, and please don't get upset, but tell me honestly—what happened to your relationship with the famed Lotte? Are you writing on a clean slate?"

So, she'd heard about that one. Well, he had nothing to hide, he was ready to talk about the affair, now that he'd gained perspective.

한 문학가라구 여기는데요. 그런 모든 것올 떠나서 단지 인간으로서 사랑할 수 있는 것이죠."

"물론 저두 그 말이 듣구 싶었어요. 문학을 좋아하지 않는다구 절 좋아하지 않으셨다면—생각만 해두 무서운 일예요."

"나를 사랑하는 덴 그럼 조건이 있었수. 글줄이나 쓴다구? 학교에서 어학 마디나 가르친다구?"

"제게두 마찬가지로 소설가가 아니래두 좋았구 교수가 아니래두 상관없구—아니 들에서 밭 가는 지애비였던들 제 맘이 움직이지 않았겠어요. 그야 서로 교수구 소설가구 음악가구 문학소녀의 한 것이 보다 좋기는 하지만 그렇지 않단들 왜 사랑이 없었겠어요. 조건두 이유두 없구 거저 맹목적인 것—그런 것만이 참사랑이라구 생각해요. 조금 낡은 투지만요. 조건은 사랑이 있은 후에 천천히 오는 문제가 아닐까요."

"또 한 가지 알아두어야 할 것은—난 가난하다는 것. 지금두 가난하지만 앞으로두 커다란 유산이 굴러들 가망이 지금 같아선 없다는 것. 따라서 세속적인 뜻으로 당신을 행복하게 하기는 어려우리라는 것."

"제가 사치와 호사를 원한다면 벌써 제 한 몸 처치했

"Well, if she was Lotte, I must have been Werther. But I think I was the opposite of him. If I had experienced his pain, I might have been happier in the end. It was a challenging relationship, sometimes I felt like I was trying to unravel the Gordian Knot without a sword, but thank heavens I became aware of her shortcomings. She was headstrong as a horse, and mad about socializing—if a party came up, she'd drop everything and gallop out the door. One moment she'd be crying, 'Oh, I'm so sad,' and the next moment she'd doll herself up for the guys and run off. I guess she thought she was living a decent life. Well, what it did was earn her my absolute disdain. She was a humble daughter of Chosŏn, yet she considered herself proper and refined, like she was gracing the boulevards of Europe. Her attitude was so wrong, and my heart grew cold. But I guess I'm lucky—the outcome was happy for me. What would have happened had I actually experienced the sorrow of young Werther?"

"I hope I'm not *that* headstrong. But count yourself lucky—I wasn't born in the year of the horse. I wonder, though, could you have conquered her disposition with love?"

"That can backfire, the notion that love conquers

지 왜 이때 이날까지 기다리구 있었겠어요. 제 나이가 벌써 사분지 일 세기를 잡아먹었는데요. 이래 뵈어두 제게두 이상두 있고 안목두 보통 사람과는 다르답니다. 조건 조건하시니 선생께 요구하는 조건이 꼭 한 가지 있다면 그건—언제까지든지 절 사랑해 줍소서 하는 것. 결코 한눈을 파시지 말구 평생 저만을 생각해 주셔야 할 것예요."

"그야 물론이지 그까짓 게 다 조건인가. 한눈을 팔다니 누가 그렇게 장난꾼이랍디까."

"말 마세요. 거리의 소문으로 죄다 알구 있어요. 대단한 염복가시라구요. 그러나 전 그걸 그리 슬퍼하진 않아요. 이왕이면 여자에게두 인기가 있는 것이 좋죠. 촌촌거리구 평생에 연애 한 번두 못 차려지는 그런 사내라는 건 생각만 해두 진저리가 나요. 실례지만 한 가지 물을게 노여워 마시구 대답해 주세요—."

악보의 페이지를 번기니 다음 곡조는 알레그로다. 그 빠른 멜로디를 내기에 분주해서 두 사람의 마음은 반은 음악 속에 뺏기어 들어갔다.

"로테와의 관계는 어떻게 하겠어요. 그 유명한 병오생의 로테 말예요. 말끔히 청산되셨나요."

all. In the end, who you really are always shows through, in living color."

"Thank god it turned out the way it did. Otherwise my existence would mean nothing to you."

Nice and straightforward, he thought. She'd done a good job of tucking away her jealousy.

"Can you handle another question? The rumor mill turned out one about the painter in Tokyo. Do you still get letters from her?"

Here she was using the process of elimination— unlike his students. Chun-bo, teacher that he was, had to answer objectively.

The painter in question had attended the same girls' school as his late wife, and the bereaved Chun-bo had unexpectedly begun receiving letters from her. Written with inkstone ink, the missives were saturated with sincerity and love. The reins of her respect and adoration for her school sister seemed to be steering her toward him. Alas, it was a peculiar business trying to envision the woman, in spite of the photographs of her that accompanied the letters, for he had never actually met her. It was no easy task to gauge her true personality from the tastes, the temperament, and the passion for him expressed in her writing. With wispy glimmers of

이미 거리에 소문까지 흘리게 된 사건이라면 준보도 반드시 뜨끔해 할 것은 없었다. 사실 그 일건을 생각할 때나 말할 때 준보는 벌써 충분히 침착한 태도를 지닐 수 있었던 것이다.

"로테라면 내가 베르테르인 셈이게요. 그러나 실상은 그와 반대디다. 차라리 내가 베르테르의 불행을 가질 수 있었다면 더 행복스러웠으리라구 생각해요. 너무두 어려운 경우였어요. 그렇다구 골듀스의 마디를 끊을 알렉산더의 장검두 가지지 못했었구 그러는 동안에 차차 그의 성격의 결함을 발견하게 된 것은 차라리 다행이었죠. 사람이 너무 거세구 사교라면 조석두 잊어버리구 정신없이 허둥거린단 말예요. 슬퍼서 울었다던 날 금시 버얼겋게 화장을 하구 옷을 갈아입구 사내들과 마주앉아 노닥거리는 걸 예의라구 생각하는 버릇—그 한 가지 경우로 나는 그를 철저히 멸시할 수 있었어요. 조선의 가난한 집에 태어났으면서두 마치 구라파의 복판에나 살구 있는 듯이 착각하구 그걸 교양이요 예의라구 생각하는 그 그릇된 태도 그것이 내 맘을 차차 식혀 주었어요. 대단히 행복스런 결말이라구 할 수 있죠. 짜장 베르테르의 설움을 가졌더라면 어떡할 뻔했게요."

hopes and dreams he responded to her letters, but with no means of passage through the sensory gates of direct contact, this odd intrigue grew moribund after half a year. There were no flames to traverse the far reaches of the sea and land that separated them. All summer long she labored on her paintings, and when they were rejected by the festival early in the fall, she wrote to him that she had taken the news in stride rather than feeling disappointed. Her letters grew intermittent and then with no explanation they stopped. It was some time later that his courtship of Shil had begun.

"I don't hear from her any more. It's possible she got wind of us. I guess it's good when things work out on their own."

"I wonder what she looks like—younger and pretty, I bet. And probably no checkered past. Maybe some day you could show me her letters and photos?"

"She did mention her family and her present situation. One thing I found peculiar—she said keeping a diary was like an ongoing repentance for her. The thing is, though, no one else but you really knows your life story. People are so damn complicated— sometimes you just can't read them."

"제발 전 그렇지 않았으면요. 병오생이 아니니까 염려는 없어두요. 그러나 성격두 사랑으로 정복할 수 있는 것이 아닐까요."

"정복했다구 생각하는 건 착오일 때가 많아요. 선천적인 근성이라는 건 아무것에두 굴하는 법 없이 언제나 한 번은 정직한 자태를 나타내는 것이니까요."

"그러길 잘했죠. 안 그랬더라면 제 존재가 말살을 당했게요."

질투의 감정을 아직은 차곡차곡 포개서 가슴속에 간직해 두었는지 어쨌는지 비교적 담박한 실의 태도였다.

"또 하나 묻겠어요. 동경에 있는 여류화가 그에게선 요새두 편지가 오나요. 이것두 거리에서 소문으로 들었습니다만."

흡사 하나씩 하나씩 대답을 밝혀가는 학동의 방법과도 다르다. 준보에게는 교사로서의 엄정한 태도를 요구하는 셈이었다.

간 아내의 후배인 그 화가는 준보가 불행을 당하자 우연히 편지를 띄우기 시작한 것이 드디어 대단한 정성과 애정을 먹과 종이에 부탁해서 보내오게 된 것이었다. 같은 여학교의 선배인 아내에 대한 흠모와 존경

"If I hadn't come on the scene, you'd probably have linked up with her. Tell me true. I really think everything's meant to be."

"Who knows how that story would have ended? I can't predict my future, especially with someone who's blinded by love. How can you tell what's ahead of you when you're in the dark? She was meaning to come here this fall for some sketching—I hope nothing happened to her."

"One more thing I need to know—which do you like better, paintings or music? I know you like music, but you also like art, don't you."

"You mean, who do I prefer, the musician or the artist? Shil, Shil, Shil, *silly, silly, silly,*" he said, using the English word. "I didn't think you were the jealous type. Let's see if we can liberate you from foolish emotion."

Her fingers left the keyboard and she sank against him. Bracing himself, he reached for her hand on his shoulder and held it.

"Please, forget what I said, all of it, erase everything from your mind except me, that's my only wish—keep your eyes to yourself and think only of me. Will you?" She held out her pinkie for him to seal the promise.

이 그대로 준보에게로 고삐를 돌린 셈이었다. 준보는
편지와 사진만을 받았을 뿐 아직 접해 보지 못한 그 새
로운 인격을 머릿속에 그려보면서 일종 야릇하고 안타
까운 심사였다. 편지에 나타난 인품과 교양과 열정으로
만은 전 인격의 인상을 옳게 잡기 어려웠던 까닭이다.
한 줄기 어렴풋한 꿈과 희망을 주고받으면서 이상스러
운 사귐이 근 반년 동안 계속해 왔건만 직접 감각의 문
을 통하지 못한 그 가상적인 사랑은 두 사람 사이에 바
다와 강산의 먼 거리를 두고는 종시 활활 타오르지 못
한 채 조금의 발전도 없이 침체되고 있었던 것이다. 한
여름 동안 공을 들여 제작한 작품을 가을에 제전에 출
품했다가 낙선은 됐으나 그다지 낙담을 하고 있지 않는
다는 소식을 전해 온 것을 일기로 하고 웬일인지 편지
가 금시 딸꾹질을 시작한 것처럼 끊어지기 시작했다.
준보가 실과의 교섭을 가지게 된 것이 바로 이 무렵을
전후해서였다.

"우리들의 소문을 들었는지 어쨌는지 요새는 도무지
소식이 없어요. 하긴 하나씩 하나씩 제물에 해결되어
가는 것이 편한 노릇이긴 하지만."

"어떤 분예요. 사진과 편지 언제 한번 뵈여주세요. 고

3

If only love could be left to the two principals. But ultimately the wider world intruded, offensive and nasty. Chun-bo could only cringe in disgust.

A few days after his pinkie promise with Shil, he had a visit from his friend Yun Pyŏk-do.

"What's going on with you, you're the talk of the town."

The question hit a nerve. Chun-bo considered Pyŏk-do his closest friend, a man who had been with him through thick and thin, and he usually abided by his counsel. "What are you talking about? You mean us?"

"Are you in *love* with her? You need to be more prudent, you need to respect yourself. I gather you've looked into her family background and her past?"

"Of course I have," protested Chun-bo. "And I love her all the more for it. You can talk all you want about someone's family background and history, and not have a clue about her personality, her sophistication and grace. It's not the woman of the past I love, but the woman she is now. When you actually get to know her and find how cultured she is, you'll be pounding the floor in shame."

우시겠지. 저보담 젊구 지저분한 과거두 없을 테구."

"언젠가의 편지엔 고향과 가정과 현재의 형편 이야기를 하군 반생 동안 적어온 일기가 참회의 연속이라구 했었으니 원 무슨 뜻이었든지. 남의 지내온 날을 자기가 아니고야 누가 똑바로 알겠수. 사람의 가슴속같이 복잡하구 신비로운 것이 없는데."

"제가 만약 나타나지 않았더라면 그이와 맺게 됐겠죠. 똑바로 말씀하세요. 그러구 보면 모든 게 거저 인연만 같아요."

"결말이 어떻게 됐을지를 누가 알겠수. 사람은 앞일을 아무것두 헤아릴 수는 없는데 사랑에 먼 거리같이 금물은 없다구 생각해요. 모르는 동안에 금시 눈앞에 무엇이 일어나 있는지 알 길이 있어야죠. 가을에 이곳까지 스케치 여행을 나오겠다구 벼르던 그에게 행여나 불길한 변이나 일어나지 않았으면 하구 원해요."

"그림과 음악과—어느 편을 더 좋아하세요. 음악을 좋아하시는 건 알아두 그림두 좋아하시죠. 그렇죠."

"뭐요. 그건. 게정⁴⁾이란 말요. 실이두 게정을 부릴 줄 아나. 실이—실리이—바보. 바보두 그런 쓸데없는 감정의 노예가 되나."

"Hah, you're in deep all right. But instead of wallowing in self-righteousness, how about listening to some friendly advice? I have to tell you I was shocked when I heard you were rushing into marriage again. And all of our buddies are shaking their heads—none of them thinks it's a good idea. I can see how your artistic nature, your creativity might express itself in real life—I understand the unconventional mind-set, the quirky behavior, the impulse to rebel against society—but you shouldn't make a rash decision on such an important matter."

"Why should anyone care if I want to chew on something bitter? What our dear friends are saying sounds like the cheap stuff you read in gossip columns. I know, you're telling me this for my sake, but don't they have any better way to entertain themselves? They're like those columnists sorting through people's dirty laundry. I'd rather listen to flies buzzing."

"Look, you're both celebrities, and people are going to talk about you. If no one knows who you are, then who cares? But the two of you are gossip-worthy, you're famous, and fame comes with responsibility, it brings restrictions on personal freedom. You're not an individual anymore, you're a

실은 문득 피아노를 멈추더니 그 자세대로 준보의 등에 왈칵 전신을 의지해 버리고 말았다. 준보는 앞으로 쓰러지려는 몸을 바로 세우고 어깨너머로 넘어온 실의 두 손을 잡았다.

　"다 잊어버려 주세요. 저 이외의 것은 죄다 이 머릿속에서 지워 주세요. 저의 꼭 하나 바라는 조건이 그것예요. 자 약속하세요. 앞으론 평생 한눈을 팔지 않겠다구. 저만을 생각하겠다구."

　　3

　사랑은 왜 두 사람만의 뜻과 주장으로서 족한 것이 못될까. 두 사람 사이에 세상이라는 쓸데없고 귀찮은 협잡물이 끼어 들어옴을 알았을 때 준보는 움찟해지며 불쾌한 느낌이 전신을 스쳐 흘렀다.

　실과 약속을 한 지 불과 며칠을 넘지 않아 준보는 친구 윤벽도의 방문을 받은 순간 직각적으로 신경을 건드리는 것이 있었다.

　"자네 요새 무엇을 하구 있었나. 거리는 자네들 소문으로 온통 발끈 뒤집혔으니."

creature of society. If you want to know the truth, I'm not the only one who cares about you. Another friend of ours is so up in arms he wants to mess with your relationship—and I hope you'll take that as an expression of his friendship rather than feeling bitter toward him." Pyŏk-do kept up the assault. "And guess what—I also canvassed your students. They told me your principal thinks it's a disservice if all you teach is language arts—he's hoping you could also teach ethics. See, you can't let your students down. Any way you look at it, you have a tremendous responsibility."

"My so-called writer friend, you sound so trite—I thought you were more broad-minded than that! Did it ever occur to you we might use education to foster a spirit of love—love that doesn't discriminate, love that's not restricted by boundaries? Think about it: the difference between truth and hearsay about a person, the commonalities we all share, the freedom of love, the capacity of lovers to create happiness regardless of the manure spreaders—I can teach people these lessons and many more through a single coherent action, my love for her. That one example will be more effective with my students, more powerful, than hundreds of books

기쁜 때나 슬픈 때나 신변에서 가장 가까이 돌면서 허물없는 사귐을 맺어오는 그 친우의 말이라면 대개는 귀를 기울여 오는 사이였건만 이번 경우만은 웬일인지 그 첫마디가 벌써 준보의 마음에 섬찟하게 울려오는 것이었다.

"뭣 말인가. 우리들의 사랑 말인가."

"사랑은 다 뭐야. 신중하게 사람을 가려 가면서 사랑을 하든지 어쩌든지 하지 사람이 왜 그리 자기 몸을 애낄 줄을 모르나. 옥씨의 집안이 어떻구 과거가 어떤 줄이나 알구서 그러나."

"알구 말구. 아니까 더욱 사랑하게 됐네. 자넨 집안과 과거만을 알았지 본인의 인격과 교양과 기품은 모르는 모양이지. 나는 과거를 사랑하는 것이 아니라 현재의 인격을 사랑하는 것이네. 풍부한 교양에 접하면 자네쯤은 땅을 치구 부끄러워해야 하리."

준보는 웬일인지 버럭 항거하고 싶은 생각이 솟아 어세를 높여 보았디,

"말하는 꼴이 벌써 새가 깊어진 모양 같네만 자네 생각만 옳다구 하지 말구 세상의 의견에두 한번은 귀를 기울여봐야 하잖겠나. 결혼까지 간단 말을 듣고 나두

on ethics. It's also much healthier than all your conventional wisdom put together. I have some advice of my own for you—forget about writing. People write to make themselves better human beings, not because they're in love with the idea of being a writer."

"I feel like I'm preaching to a very eloquent cow. All right, I give up," said Pyŏk-do, dazed at the outpouring of Chun-bo's lecture, his arrows deflected by his friend's iron determination. "Help yourself, map out your own road to happiness. But don't blame me when you start having second thoughts."

"Agreed—as long as you promise to stay out of the picture. Instead, I hope you'll take a good look at the faces of those sad sacks the next time they yap at you, and ask yourself if you're any different from them—who knows, you might end up feeling sorry for yourself."

But Chun-bo had underestimated Pyŏk-do, who proceeded to rack his brains over ways to rescue his friend. The stratagem he came up with was to warn Shil off.

The next evening at the café, Shil's face was devoid of laughter, her unblinking round eyes brooding in rage.

놀랐네만 거리에서 만나는 동무마다 한 사람이나 찬성하는 이가 있을 줄 아나. 다들 입들을 빌리구 입맛을 다실 뿐이지. 자네는 예술가니까 독창 정신을 실생활에두 살려서 상식을 무시하구 남 안 하는 괴이한 짓두 해보구 때로는 괜히 속세에 반항두 하구 싶은 충동을 느끼는 줄을 짐작하네만 평생의 중대한 일을 그렇게 경솔히 작정해서야 쓰겠나."

"소태를 먹어두 제멋인데 왜 남의 일을 가지구 걱정들을 하라나. 도대체 난 세상의 말이라는 걸 일종의 저널리즘이라구밖엔 생각하지 않네. 자넨 진정으로 나를 위해서 걱정하는 줄을 아네만은 자네가 거리에서 만나는 열 사람이면 열 사람이 다 결국은 경박한 가십장이밖에는 못 된단 말야. 부질없이 남의 말하기 좋아하구 농하기 좋아하구 헐기 좋아하는 저널리스트 이상의 무엇인 줄 아나. 실없는 그것들의 말을 일일이 들어선 할수 있나. 파리떼같이 와글와글 끓게 내버려두는 수밖엔 아무 말이 귀에 들려와두 뜨끔하지 않네."

"자네들이 그만큼 유명하다는 걸 알아야 되네. 자네나 옥씨나 구석쟁이에 숨어 있는 사람이라면 세상에서 문제나 삼겠나. 화젯거리가 될 만하니까 화제를 삼는 것

"I'm so vexed!" She tutted, then grimaced. "Do you know what Pyŏk-do said to me yesterday?"

"So, he didn't waste much time getting out on the campaign trail, did he?"

"He said for me not to *kill* you. You're *our* artist, you don't belong to any one person but to society. What an awful thing to say. As if I'm going to snatch you and run off to the end of the earth. He's afraid you'll stop writing, it'll be your funeral as a writer—and all because of me! Who is he anyway, sticking his nose in?"

"Basically he's a down-to-earth guy. His heart is in the right place, he really does care for me, but he's so tactless he gives the wrong impression. So tell me, my dear, how did you answer him?"

"I didn't. I *couldn't*, my mouth was hanging open. It was so unexpected. He was *interrogating* me—can I be a true helpmate, especially considering your health? Am I all that refined, even though you said my letter writing would put a teacher to shame? On and on he went. And here's the verdict—I'm the bad one, an ordinary woman, a poser. I find that really annoying!"

"Well, I meant what I said about your letters—you have a talent, there's no denying it. There are

이 아닌가. 따라서 자네의 책임두 성립되는 것이네. 사회에 이름이 있다는 건 벌써 개인의 자유행동에 그만큼 구속을 받구 책임을 져야 한다는 것야. 개인만의 개인이 아니구 사회를 위한 개인이야. 사실 자네를 애끼는 건 나 혼자만이 아니네. 어떤 동무는 심지어 흉계를 써서 자네들의 연애를 방해하자구까지 하데만 야속하다구 여기지 말구 그런 우정을 고맙게 받아보게."

벽도는 준보에게 입을 열 기회와 여유를 주지 않고 혼자만 앞을 이어갔다.

"자네네 학교 학생들에게 자네 인기를 떠보지 않았겠나. 어학만의 강의를 받기가 아까워서 자네에게 수신의 교수까지를 청하겠다구 교장이 교섭 중이라네. 그렇듯 자네를 존경하는 제자들의 기대두 저버려서야 되겠나. 여러 가지로 자네 책임은 크단 말이야."

"자네두 문학을 한다는 사람이 생각이 왜 그리두 범용하구 옹색한가. 사랑엔 인물 차별과 지경이 없다는 걸 실물로 교육할 수 있다면 얼마나 더 인간적인 교육이 될 수 있다는 건 생각해 보지 못하나. 한 사람의 인물에 대한 소문과 진실이 얼마나 다르다는 것, 사람은 누구나 일반이라는 것. 사랑은 자유롭다는 것. 행복은 주

teachers, many of them, at the finest schools in the land, who can't write a decent letter. It's shameful, it makes me want to protest. And it's not just your letter writing; the effort you put into your word choice, your usage, your pronunciation, it's wonderful. I like how inquisitive you are. Whenever you catch me using an unusual adjective you always ask what it means, you try to memorize it. A life of beauty begins with attention to detail—people tend to overlook that. So don't pay attention to Pyŏk-do. And there's nothing wrong with being confident."

"They must be terribly bored, feeling they have to interfere with us. I told you people would get stirred up."

Thanks to his efforts, the evening turned out more enjoyable than most, and by the end she had regained her confidence as well as her smile. But the meddling continued. The rumors wouldn't let go, a noisy siege of malice and viciousness encircling and constricting them. She endured a few days, then came knocking on his door more exasperated than ever. With her large eyes fixed on him expectantly, her small lips clamped shut, her meek posture as she sat—she looked like a timid bride on her wedding night.

위 사람들의 시비에도 불구하고 당사자들의 의지로 창조할 수 있다는 것―이 많은 교훈을 난 말없이 다만 한 번의 행동으로서 만 사람에게 가르칠 수 있는 것이네. 학생들은 혼연히 이 교육을 받을 것이요. 그 인간적인 영향과 효과두 백 권의 수신서를 읽는 것보다 나으리. 자네들의 상식 이상으로 이것은 참으로 건전한 생각이라는 걸 알아두게. 그리구 자네 내일부터 문학을 그만두게나. 문학은 인간 되자구 하는 것이지 심심파적으로 숭상하는 건 아니니까."

"자네의 귀에 아무리 경을 읽어야 소용 있겠나. 벌써 굴레를 씌울 수 없는 뛰어난 말이니. 그럼 어서 행복될 도리나 설계하게나. 행여나 장래라두 내게 와 왜 그때 더 말려주지 않았던구 하구 뉘우치지나 말구."

준보의 군은 결의에는 벽도도 하는 수 없이 한 수 꿀려 활을 거두는 것이었다. 충고는커녕 되려 톡톡히 설교를 받은 셈이 되어 얼떨떨한 심사를 금할 수 없는 모양이었다.

"다시 이 일엔 더 참견 말구 거리에서 쓸데없이 번설을 하구 노닥거리는 녀석이 있거든 그 비굴한 얼굴을 바라보면서 자네두 행여나 그런 유가 아닐꾸 하구 반성

"I saw my friend Myŏng-ju and it's the same old story. According to her husband's pals, we're practically the daily news. And guess who the reporter is—Pyŏk-do. It's so tedious—when's it going to end!"

"Does it surprise you? The world could turn right side up again and I wouldn't be shocked."

"But it's so ridiculous. I guess I give the impression I'm too extravagant to have a family or stay married. People think I'm inferior—even though I'm much more thoughtful and determined."

"And now they have a golden opportunity to strip you naked and tear you down."

"I want to go to a desert island. Somewhere that's quiet."

"Look—we live in an unpleasant world that's populated with troublesome people. But there's an easier escape." He sprang up, took her by the hand, and led her to the book case.

"Poetry—it's the best cure for a troubled mind, I've been taking it for years. Poets are an honest breed; the rest of us are crooks and thieves by comparison. Their voices are a bible, comforting us and leading us along the path of righteousness. Who are you in the mood for? Heine? Shelley? Yeats?"

하구 슬퍼해 보게나."

그러나 벽도가 그 자리에서 그렇게 만만히 꿀렸다고 생각한 것은 준보의 오산이었다. 한 수 두 수 동무를 생각하는 그의 애정은 깊어서 충고의 손은 실에게까지 뻗쳤던 것이었다. 다음 날 밤 준보가 가게 이 층에서 실을 만났을 때 웃음을 잊은 얼굴에 커다란 눈이 깜박거리지도 않고 동그랗게 노염을 품고 있었다.

"아이 분해."

혀를 차면서 윗입술이 갸웃이 삐뚤어지는 것이었다.

"어제 벽도 씨가 제게 와서 무어란 줄 아세요."

"벽도가? 흠 적극적 활동을 시작한 모양이군."

"이 땅의 예술가 준보 죽이지 말라구요. 준보는 한 사람의 차지가 아니구 사회에 소속한 사람이라구요. 어이구 무서운 소리. 누가 선생을 후려차 가지구 먼 세상으로 내뺀단 말인가요. 제게로 오신다고 글 한 줄 못 쓰게 되구 세상에서 매장을 당한단 말인가요. 모든 책임을 제게만 씌운단 말예요. 대체 그이가 무엇이게 우리들 일에 그렇게 발 벗구 나서는 것일까요."

"근본은 착하구 정직한 사람인데 진정으로 생각해 준다는 것이 말이 원체 투박스러워서 그런 인상을 주게

He fumbled among the shelves, finally locating a thick volume.

"How about Whitman? I haven't read him in ages. He's different from Yeats and the others, but he's a good poet, a poet for all of us. Walt Whitman! He speaks to everyone, his love goes out to all, open and unconditional. We ought to remember him second only to Jesus. His poetry pumps up my courage, it restores my hope."

"Then let me hear your peaceful voice. Read to me. I'll close my eyes and listen."

She plopped down on the floor next to the chair where he sat, placed her hands on his knee, and rested her face against them. As he intoned the words in his subdued voice, she closed her eyes and drifted into a world of verse.

Not till the sun excludes you do I exclude you,
Not till the waters refuse to glisten for you and the leaves to rustle for you, do my words refuse to glisten and rustle for you.

My girl I appoint with you an appointment, and I charge you that you make preparation to be worthy to meet me,

되나 부우. 그래 뭐라구 대답했수."

"다짜고짜로 그 말인데 대답을 어떻게 해요. 거저 멍하니 입만 벌리구 있었죠. 선생의 건강이 염려되는데 각별히 내조의 공을 이룰 자신이 있느냐는 둥 제가 편지를 전문학교 교수보다두 잘 쓴다구 선생이 칭찬하셨다는데 그 정도의 교양에 안심해서는 안 된다는 둥 별별 말이 많았어요. 거저 저 하나 죽일 사람됐죠. 거리에서 건둥거리는 보통 여자로밖엔 알아주지 않는 것이 분해 못 견디겠어요."

"편지 잘 쓰는 건 잘 쓰는 거지 실력에두 에누리가 있을까. 이름만 전문학교 선생이랍시구 사실 편지 한 장 옳게 못 쓰는 위인이 얼마나 많게. 웬일인지 난 그런 떳떳치 못한 조그만 사회적 사실에 대해서두 노여워지면서 항의하구 싶은 생각이 솟군 해요. 편지의 실력뿐이 아니라 당신이 일상 쓰는 말에 대해서두 그 아름다운 용어와 발음을 효과 있게 살리려구 비상한 주의와 노력을 하는 것을 난 무엇보다두 높게 평가하려구 해요. 내가 간혹 이상스런 형용사를 쓸 때 그것을 곧 되물어 가지구 기억하려구 하는 기특한 생각—세상 사람이 소홀히 여기구 주의할 줄 모르는 그런 조그만 각오에서부터

And I charge you that you be patient and perfect till I come.

Till then I salute you with a significant look that you do not forget me.

"Lovely, so lovely. The words sound like they're just for me. And he sounds so kind and generous, more so than a mother. 'Not till the sun excludes you do I exclude you.' I wish I had discovered him earlier."

She looked at Chun-bo with the contentment of a nursing baby.

He rested a hand on her head and with the other hand leafed through the book. "What a gift to mankind! I wish I could read his poems to those petty gossip-mongers."

Women sit, or move to and fro—some old, some young;
The young are beautiful—but the old are more beautiful than the young.

"In his eyes everything is beautiful, loving, equal, equitable—there's nothing ugly, hateful, or unfair.

나날이 아름다운 생활은 창조되어 나간다구 생각해요. 벽도가 무어라구 하든지 간에 충분한 자신을 가져두 좋아요."

"일들두 없지 왜들 남의 일에 간섭인지 모르겠어요. 거 보세요. 세상이 시끄러우리라구 걱정했더니 아니나 다를까요."

준보의 위로로 실은 자신과 용기를 회복해 우울한 속에서 다시 웃음을 머금고 어느 날보다도 도리어 즐거운 밤이었으나 외부의 간섭은 그것으로 끝난 것은 아니었다. 거리의 소문은 해와 악의 테두리를 겹겹으로 더해서 두 사람을 둘러싸고 시끄러운 포위진을 각각으로 조여들었다. 몇 날이 건너지 못해 실은 한층 흥분된 표정으로 준보의 방문을 두드렸다. 커다란 눈이 깜박거리지 않고 조그만 입이 침묵하면서 잠시는 가제 온 신부같이 의자에 잠자코만 있었다.

"……오늘 길에서 옛날 동무 명주를 만났더니 또 그소리를 하겠나요. 남편에게서 들었다는데 자기들 총중에선 죄다들 알구 화젯거리가 됐대요. 그 남편은 벽도씨에게서 들었다나요. 왜 그리 번설들일까요."

"놀랄 것두 없잖우. 세상이 한꺼번에 발끈 뒤집힌대두

70

He's benevolent like Jesus, magnanimous like the ocean. Here's another one for women:"

I am the poet of the woman the same as the man,
And I say it is as great to be a woman as to be a man,
And I say there is nothing greater than the mother of men.

"I could listen to you all day. Just like I never get tired of eating. If only we could leave all this commotion behind and take off with Whitman and his book to some faraway place where no one knows us," she sighed, her voice itself like poetry. "Could you read me another one, please?"

When I peruse the conquered fame of heroes, and the
victories of mighty generals, I do not envy the
generals,
Nor the President in his Presidency, nor the rich in
his great house;
But when I hear of the brotherhood of lovers, how it
was with them,
How through life, through dangers, odium, unchang-
ing,
long and wrong

이제야 겁날 것이 없는데."

"말이 우습잖아요. 제가 일반에게 그런 인상을 줘 뵈는지 너무 사치하니까 가정생활에 부적당하리라고요. 오래오래 원만하기를 기대하기가 어려우리라구요. 자기들보다두 몇 곱절 더 생각하구 각오를 가진 줄은 모르구 웬 아랑곳인지들 모르겠어요. 자기들보다 못한 사람인 줄만 아나부죠."

"이 기회에 애무하게 남을 발가벗겨 놓구 멋대로들 난도질을 하는 모양이지."

"외딴 섬에나 가 살구 싶어요. 이렇게 시끄러울 줄 몰랐어요."

"불유쾌한 세상이구 귀찮은 인심이야. 우리 시나 한 줄 읽을까."

준보는 뒤숭숭한 잡념을 떨쳐버리려는 듯 쇄락하게 자리를 일어서서 실의 손을 이끌고 책장 앞으로 갔다.

"맘이 성가실 때는 시를 읽는 게 첫째라우. 난 벌써 여러 해째 그 습관을 지켜오는데 세상에 시인같이 정직하구 착한 종족이 있을까. 그 외엔 모두 악한이요 도적인 것만 같아요. 시인의 목소리만이 성경과 같이 사람을 바로 인도하구 위로해 주거든요. 무얼 읽을까. 하이네?

Through youth, and through middle and old age, how
unfaltering, how affectionate and faithful they were,
Then I am pensive—I hastily walk away, filled with
the bitterest envy.

When he had finished and her head remained lowered over her hands on his knee, he took it as a response to the poem. But then her head rose and he noticed the tears.

"Why are you crying?" he said, putting down the book and cupping her cheeks.

The eyes regarding him were innocent and child-like.

"It's because I'm so happy. Not just his wonderful poems but sitting with you and listening to them. I'll remember this forever. Happiness appears in so many forms, but this is the best. I just want to keep crying."

Seeing the gathering tears, he couldn't help drawing her face close.

"Let's nurture this happiness and keep it always. It will make us strong, it will help us overcome all the obstacles. We've made our decision, and now the path lies before us."

For lovers, every gesture is beautiful, he realized

셸리? 예이츠?"

　책꽂이를 한층 한층 손가락으로 더듬더니 두둑한 책 한 권을 뽑아냈다.

　"휘트먼은 어때요. 오래간만에 휘트먼을 읽어볼까요. 예이츠들과는 다른 의미로 좋은 시인이죠. 그는 한 계급의 시인이 아니라 전 인류의 시인이에요. 아무와도 친하게 이야기하구 똑같이 사랑하는 가장 허물 없는 스승이에요. 월트 휘트먼―인류가 아마두 예수 다음에 영원히 기억해야 할 꼭 하나의 이름이 이것예요. 나는 그를 읽을 때 용기가 솟구 희망이 회복되군 해요."

　"고요한 목소리로 한 구절 읽으세요. 눈을 감구 들어볼게요."

　준보가 앉은 의자 발밑에 실은 그대로 주저앉으면서 준보의 무릎에 손바닥을 놓고 그 위에 사붓이 얼굴을 얹었다. 준보가 야트막한 목소리로 천천히 임의의 구절 구절을 낭독하기 시작할 때 실은 짜장 눈을 감고 시의 세상 속으로 이끌려 들어가는 것이었다.

　……

　태양이 그대를 버리지 않는 한 나는 그대를 버리지

as he watched her wipe the tears with the back of her hand.

4

Next on the scene was Min Chu-bin, who offered them a thread of light, different from their experience with Pyŏk-do.

Min was a reporter and his beat lay outside the city. He must have known their story, but he was too diplomatic to broach it right off. And when he did get around to it he ventured ever so carefully, searching Chun-bo's face.

"It came as a surprise all right, I didn't know you had it in you. Even for a writer, with your own way of thinking, still I assumed you'd play it safe and go for purity—I had no clue you would take the plunge. But I have to tell you, those waves are rough."

"To hell with purity," said Chun-bo. "Purity is meaningless without heart. If the woman has a heart, everything else can be sacrificed. So, is it true what Pyŏk-do says—everyone's against us?"

"In my case, definitely not. Marrying someone who's beautiful in your eyes, despite all the potential problems—can't ask more of a man than that. In

않겠노라.

파도가 그대를 위해서 춤추기를 거절하고 나뭇잎이 그대를 위해서 속살거리기를 거절하지 않는 동안,

내 노래도 그대를 위해서 춤추고 속살거리기를 거절하지 않겠노라.

나는 그대에게 한 가지 약속을 하노라―그대가 나를 만났기에 적당한 준비를 하기를 나는 요구하노라.

내가 올 때까지 성한 사람 되어 있기를 요구하노라.

그때까지 그대가 나를 잊지 않도록 나는 뜻 깊은 눈초리로 그대에게 인사하노라.

"좋아요. 참 좋아요. 저를 위해서 쓴 것만 같아요. 어머니보다두 인자해요. 태양이 그대를 버리지 않는 한 나는 그대를 버리지 않겠노라. 저두 휘트먼을 좀 더 일찍 알았더면 더 행복스러웠을 것을요."

실은 얼굴을 빙긋이 들고 준보를 쳐다보면서 입 안에 그득 젖을 머금은 어린아이와도 같이 행복스런 얼굴이었다. 준보는 실의 머리 위에 한 손을 얹고 페이지를 들

terms of temperament, I think I'm much more like you, and the opposite of Pyŏk-do. In the end, it's the person you are who determines how you go about courtship and marriage, right? I can see you're willing to give up a great deal for her beauty and her character. And I'm with you. I feel spineless in comparison—in your situation I might have hesitated. I wish I had your outlook. I'm proud of you for acting freely on your beliefs, with no reservations."

"That's much appreciated, now that I'm dealing with so much contempt. It's a savage society—people follow blindly, they manufacture disputes, they stir up trouble, and honest judgment never enters the picture. But even if the world wasn't so stupid, I'd still trust my own instincts."

He then related to his friend a small incident he and Shil had experienced.

By now they didn't mind venturing out in public, and on that particular day they had gone for a stroll that had extended into an outing to the far reaches of the city, topped off with the late show at the movies. From the theater they exited into an alley and let the human current carry their languid bodies out to the main street. There a wave of glares made them realize they were the objects of atten-

척거렸다.

"휘트먼을 가지게 된 것은 인류의 행복이에요. 가십만을 일삼는 거리의 소소리패[5]들에게 휘트먼을 읽혀 드렸으면 얼마나 좋을까요."

여인. 앉은 여인, 걷는 여인―혹은 늙고 혹은 젊고
젊은이는 아름다우나―늙은이는 젊은이보다 더 아름다워라.

"그의 눈에는 모든 것이 다 아름답구 고르구 평등하구 사랑스럽지 하나나 추하구 밉구 차별진 것이 있나요. 예수같이 인자하구 바다같이 관대해요. 또 한 수 여자를 노래한 것―."

나는 여성의 시인이며 동시에 남성의 시인이니라.
나는 말하노라, 여자 됨은 남자 됨과 같이 위대한
것이라고.
또 말하노라, 남자의 어머니 됨같이 위대한 것은 없
노라고.

tion. Chun-bo was disgusted—they were like actors in a spotlight. And that's when they heard the murmurs from behind them. The voices grew louder.

"Look! Isn't that Chun-bo and Ok-shil?"

They kept moving, pretending not to hear, but the voices, now boisterous, followed, enveloping them.

"Aren't they brave, arm in arm, showing the world who they are."

"Brave? I'd call it brassy. But why are they getting all the attention—are the rest of us so unimportant?"

"Hell, they could go around naked for all I care," someone else jeered. "The problem is, they feed off your attention."

"So, let Chun-bo and Ok-shil get married. What's the big deal about a writer-musician couple? Do they need a fanfare?"

At the mention of their names, Chun-bo felt a rush of blood to his head. His feverish eyes focused on a tall man passing by. The man gave them a quick glance, then turned back to his group, who exchanged knowing smiles.

"A couple with a turbulent history—oh the tears, the pathos! I'm so envious! They should be proud

"더 읽으셔요. 자꾸자꾸 읽으셔요. 종일 들어두 싫지 않겠어요. 밥같이 암만 먹어두 싫지 않겠어요. 속세의 번거로움을 떨쳐버리구 휘트먼 한 권만을 가지구 단둘이 어딘지 모를 먼 고장에 가서 살 수 있다면 오죽이나 좋을까요."

하면서 한숨짓는 실의 목소리는 그대로가 한 구절의 시를 읽는 것과도 흡사했다.

　　영웅이 이름을 날린대도 장군이 승전을 한대도 나는 그들을 부러워하지 않았노라.

　　대통령이 의자에 앉은 것도 부호가 큰 저택에 있는 것도 내게는 부럽지 않았노라.

　　그러나 사랑하는 사람들의 우정을 들을 때 평생 동안 곤란과 비방 속에서도 오래오래 변함없이

　　젊을 때에나 늙을 때에나 절조를 지키고 애정에 넘치고 충실했다는 것을 들을 때 그때 나는 머리를 숙이고 생각하노라.

　　부러워서 못 견디면서 황급히 그 자리를 떠나노라.

they're causing such a sensation."

It was too much for Chun-bo. "Vulgar trash!" he snarled, ready to intercept the group.

She took his arm and yanked him back. "Easy, please. They have freedom of speech, just like we have freedom of action."

With a sneering glare the purveyors of mockery and slander brushed past them.

To Chun-bo's surprise the flames of his rage subsided. He held her hand tight, admiring her calmness and cool judgment. Thanks to her easygoing personality, he had weathered the tribulations. The next moment he had regained his blissful happiness, and the rudeness and scorn were a distant memory.

Chu-bin listened, the claws of a frown etched into the corners of his eyes.

"Well, I guess in this obstinate world of ours there's always room for tenderness. The will triumphs in the end. Here's what I say. Be true to your beliefs and plow on. And always remember—they made fun of you, but the next instant you were back where you started, enraptured and ecstatic. You can't beat that."

"I still can't figure out why they won't leave me alone,

낭독이 끝난 후까지도 실은 일굴을 들려고 하지 않고 같은 자세로 무릎 위에 엎드리고 있는 것을 준보는 감동에 젖어 있는 것이거니만 생각한 것이 문득 머리를 드는 서슬에 눈에 어린 눈물 자국을 보고 가슴이 짜릿해졌다.

"왜 운단 말요."

책을 놓고 두 손으로 무릎 사이에 그의 얼굴을 받들어 끄니, 실은 아이와도 같은 무심한 눈동자로 멍하니 준보를 쳐다본다.

"너무두 행복스러워서요. 휘트먼의 시두 좋거니와 이렇게 선생님과 마주 앉아 시를 읽게 된 것이 얼마나 행복스러운지 아마두 한평생의 추억거리가 될 것예요. 세상에 가지가지 행복두 많겠지만 여기에 지나는 행복이 또 있을 것 같지는 않아요. 자꾸 울구만 싶어요."
하면서 다시 글썽글썽 눈물이 새로워지는 것을 보고는 준보는 거의 충동적으로 그의 얼굴을 가까이 잡아끌었다.

"이 행복감을 고이고이 길러서 언제까지든지 끌고 나갑시다. 세상의 장해가 아무리 크다구 하더래두 용감스럽게 그것을 뛰어 넘어갑시다. 그것이 꼭 하나 우리의

82

I don't bother anyone. I'm going to keep fighting and we'll see who's left standing."

"I hear Pyŏk-do went to Seoul for reinforcements. He wants to muster up a counter-attack. You'd better armor up, you're going to have a battle on your hands."

Chun-bo perked up at this news, then erupted in a guffaw.

"Let's hear it for passion! And hats off to friendship. Who would have thought life could be so much fun—the entertainment never ends! I knew there was a reason we keep on living."

Two days later, a letter arrived from Seoul. *So, Chu-bin had it right.* It was the first volley from Pyŏk-do's army, advice from a career woman who was an old acquaintance of Chun-bo's, and from the looks of it Pyŏk-do's number one draftee. Who knows, maybe Pyŏk-do had gotten up in arms during one of their drinking soirees and enlisted the woman's sympathy.

The letter was several pages long and composed in a fine hand. In it she pointed out Chun-bo's immaturity and imprudence and his rash behavior. She empathized with him in his loneliness, but advised him to think seriously when it came to such impor-

작정된 길이니까요."

손등으로 눈물을 훔치는 사랑하는 사람의 자태란 얼마나 아름다운 것이었던가.

4

민주빈의 등장은 윤벽도의 그것과는 스스로 성질이 달라서 준보들의 마음속에 한 줄기의 빛을 던졌다고 하면 던졌을까.

신문의 지방판의 기사를 맡아 쓰고 있는 주빈은 그 직책의 성질과 준보들의 일건을 누구보다도 먼저 알고 있을 처지에 있으면서도 까딱 그 눈치를 보이지 않는 것은 은근한 그의 성격의 탓이라고 할까.

"하긴 나두 사실 첨엔 놀랐어요. 형이 그렇게 대담한 줄은 몰랐거든요. 그야 문학을 일삼으시니까 생각이 남보다는 다르시겠지만 결혼을 한대두 거저 무난하구 순결한 경우를 택하신 줄 알았지 이렇게 문제의 파도 속에 즐겨서 뛰어드실 줄을 몰랐어요."

주빈은 준보의 눈치를 보면서 신중하게 입을 열었다.

"순결이란 대체 무어요. 마음을 떠나서 순결만의 순결

tant life events—he should pay more attention to his health and live a decent life. She wondered whether she would respect or dislike the charms of this woman he was enthralled with, she could no longer stand aside while his friends wrung their hands in concern, and she hoped he would reconsider—she wished she could fly to him on the legendary horse and set him straight.

Such was the outline of her concerns. Chun-bo smirked imagining her arriving, huffing and puffing, at his door. What was the rush? Had the world turned right side up again? He wasn't sure whether to respect or dislike her meddling. He thought once more of Pyŏk-do trudging the hundred-plus miles to Seoul to recruit she who had shot him with this first arrow. He was about to crumple the letter but thought better of it. He would show it to Shil and see if her reaction was as cool as his.

을 찾음은 뜻 없는 일이라구 생각해요. 참으로 훌륭한 마음 앞에는 몸의 희생쯤 문제가 아닐 것예요. 벽도의 말을 들으면 모두들 반대라는데."

"전 반드시 그렇지두 않습니다만. 모든 문제 다 깔아버리구 아름다운 이와 결혼한다는 다만 그 조건만으로두 좋지 않어요. 사람에겐 기질의 타입이 있다구 생각하는데, 가령 벽도 군과 나와는 전연 대차적인 입장에 있는 것 같구 가깝다면 아마 내가 형과는 제일 근사한 타입일 것예요. 연애니 결혼이니 하는 것두 결국은 그의 그 성격의 타입이 작정하는 것이 아닐까요. 옥씨만한 인물과 미모라면 다른 조건 다 희생해두 좋구 말구요. 그 점에서 난 찬성이구 형의 그 자유로운 심정과 태도에 여러 가지로 반성되구 줏대 없는 내 마음에 매질해 보군 했어요. 막상 내가 그런 경우에 처했다면 혹시 주저했을는지두 모르니까요. 마음의 자유대로 행동할 수 있구 행동해서 조금두 꺼리지 않는다는 것이 여간 장하구 존경할 만한 일이 아니예요."

"형은 그렇게 말해두 대부분의 세상 사람들은 존경은 커녕 얼마나 비웃는지 몰라요. 결국 난 세상을 아직두 퍽 야만스런 곳이라구 생각해요. 참으로 정직한 판단이

5

She read the letter, then smiled candidly. "Her writing and penmanship, they're beautiful! But I don't understand all the fuss. And she's overstepping her boundaries—'the charms of this woman'? That's disgusting!" She was still smiling, but not from the heart, disappointment furrowing her brow. He scolded himself for showing her the letter.

"If the opposition keeps building, I'm afraid you won't like me anymore. No matter how strong your will, they'll suck you dry in the end."

"Oh come on! That's not what I expected to hear. I could have ripped the letter up—I didn't have to show it to you."

"I just want to die—die while I'm the happiest I've ever been. That would be the most beautiful death. I don't want to think what's coming next."

"Die? So everyone can gloat? No, you need to live a long life. Rumors are short-lived, they won't chase us down. Be strong!"

But peace of mind can be elusive. He forced himself to maintain a manly, mature demeanor in her presence, he offered her consolation and encouragement, he pulled out Whitman's poems to read to

없이 편견과 말썽으로 부화뇌동하구 경솔하게 떠들썩
하는 그런 버릇이 있어요. 세상이 그렇게 우매하다는
것과 내가 내 뜻을 존중히 하는 것과는 물론 별문제이
지만."

준보는 주빈의 이해에 대해서 이렇게 대답하고 바로
며칠 전에 겪은 조그만 변을 문득 생각해 내면서 그것
을 붙여 말하고 싶었다.

─준보는 벌써 거리낄 것 없이 실과 함께 거리를 걷
고 교외로 산보 가는 것이었으나 그날 늦은 오후의 영
화를 보고 관을 나오는 때였다. 빽빽이 쏟아지는 인총
사이에 피곤한 몸을 맡기고 제물에 한길로 밀려나와 골
목을 벗어났을 즈음 두 사람은 어느 결엔지 뭇시선의
대상이 되어 있음을 몰랐다. 그 많은 총중에서 왜 하필
유독 그들만이 무대 위의 배우같이 사람들의 눈을 끌었
을까를 생각하면 불쾌하기 짝없는 것이었으나 문득 귀
익은 발음소리를 듣고 비로소 정신을 차린 두 사람이었
다. 뒤편에서 웅얼웅얼 자기들의 이름을 외는 것임을
알았다. 목소리는 점점 커지더니 드디어 또렷이 들릴
정도로 가까워졌다.

"아나. 저게 준보와 옥실이라네."

her, tried to keep up with her in a piano duet, or sat silently in his chair with her on the floor nestled against his knees, the two of them soaking up happiness in all its simplicity.

In spite of his declarations the rumors never did die down, not after a week, not after a month. There was no respite from the trifling challenges and the nagging worries. When he answered the clamorous ring of the telephone at school, he might hear an unfamiliar woman's voice hissing something like "Excuse me for saying this" and proceeding to ridicule their relationship. When he was drinking with friends, there were always a few sneers as well as an archer in the background ready to unleash an arrow. He came to realize that these vicious, hate-filled settings were tempering his mind. A lonely soul surrounded by enemies, he nursed a grudge but also a soaring determination to fight. It was this fighting spirit that underlay their proud promenades along the city streets and their strolls in the outskirts, the two of them impervious to the tenacious stares. Their world was a fortress and they took joy in conquering what lay outside it. Inside the fortress, their love and understanding solidified, it was a world just for the two of them, while outside they

확실히 그렇게 들렸다. 그러나 그 자리로 경망하게 고개를 돌릴 수도 없어 모르는 체하고 걸어가는 동안에 그들의 회화는 두 사람을 둘러쌀 지경으로 요란해졌다.

"인전 제법 대담들 하지. 내로라구 보라는 듯이 끼구들 다니니."

"대담한지 철면핀지 모르겠네. 허구많은 경우 다 두고 왜들 하필 세상을 이렇게 떠들썩하게 해놀꾸."

"남이야 아무러거나 말거나 왜들 떠들썩들 하라나, 떠들썩하는 편이 어리석지. 남이야 아무 멋을 부리건 말건."

두 사람을 옹호하는 듯하면서도 기실 악질의 야유인 것을 쉽사리 느낄 수 있었다.

"옥실이와 준보가 결혼을 할 테면 하랬지 뭐가 어떻게 됐단 말인가. 음악가와 소설가이기로서니 그렇게 법석들을 할 법이야 있나."

두 사람의 이름을 커다랗게 외치면서 옆을 스치는 후리후리한 청년을 옆눈으로 보았을 때 준보는 문득 피가 용솟음치면서 눈이 화끈 달았다. 청년도 흘끗 두 사람을 곁눈질하더니 즉시 자기들끼리만의 의미를 가진 복잡한 미소를 띠었다.

attempted to hold sway, bolstered by pride and arrogance. It was fun to be haughty to others when necessary, but ultimately he wanted to replace the rush of enjoyment it gave him and replenish himself.

They strolled along a carpet of fallen leaves in the woods and looked down at the river, enjoying the deepening autumn, and all the while she was planning for their future—she would read for hours a day, she would practice her music, she would tend to the kids, she would have proper tea cups and there were meals she would cook. Her face brimming with hope was ever more radiant and beautiful.

"If life gets to be too much of a headache we can move up in the hills and raise goats and chickens. What do you think?"

It was music to his ears. Why was it that women's ambition and resolve were grander and yet more solid than men's?

"Why not. There's nothing tying us to the city; it would be nice to spend the rest of our lives in nature."

"Even better if we have cows and pigs too. We can make a year's worth of ham and get milk from

"다정다한한 남녀들이라 미상불 부럽기두 해. 세상을 한번 요란하게 하는 것두 자랑스런 일이 아닌가."

조롱과 야유에 넘치는 그 말에 준보는 드디어 견딜 수 없어서,

"버릇없는 것들."

하고 몸을 불끈 솟구었으나 실이 민첩하게 팔을 붙들어 끌면서,

"참으세요. 그들에게두 말의 자유가 있잖아요. 우리에게 행동의 자유가 있듯이."

하고 도리어 길옆으로 피해 서는 동안에 소소리패는 여전히 고개를 흘끗들 거리면서 두 사람을 스쳐 지나고 말았다.

이상스러운 것은 준보는 순간 눈앞이 화끈 다는 듯하더니 웬일인지 금시 노염이 풀리면서 실의 손목을 꼭 쥐게 된 것이었다. 그의 유유한 마음씨에 감동하고 냉정한 이지에 경의를 표하고 싶었던 것이다. 실의 원만한 인격으로 말미암아 그 시각으로 외부의 수난쯤은 솔곳이[6] 잊어버리게 된 것을 준보는 더없이 행복스런 것으로 여겼다. 실과의 행복 앞에서는 버릇없는 후리후리한 청년도 세상의 야유도 조롱도 그림자가 흐려지면서

the cows. Butter too. Imagine, making our own butter—that's my kind of life."

"The ideal life. Let's do it—as long as we can manage."

As the leaves crinkled beneath their feet, as they gazed at the azure river visible among the branches of a tall tree, counting the dwellings on the far side, they basked in the glee of contemplating a life deep in the countryside. Whether it would ever be realized was a concern for another day.

As if in pace with the season, their relationship overcame the hurdles of the two months since early fall. The deeper the season, the more lucid their souls and the more evenly their passions burned. As the air chilled and the temperature cooled, the less they strolled in the woods and the more they stayed indoors dreaming and planning. But when the first frost arrived, she felt a twinge of impatience.

"Where has the time gone? Look at my clothing, it's pathetic. Everyone's wearing winter coats, and here I am in my thin fall outfit. All my clothes are in Tokyo. I need to go gather them up."

"Why not everything else too?"

"You know, I never imagined going back to pack

먼 곳으로 비슬비슬 멀어지는 것이었다.

주빈은 가느다란 눈 가장자리에 주름을 잡으면서 그 조그만 에피소드를 듣고 나더니,

"그러나 세상이란 완고한 것 같다가두 실상은 의외로 무른 것예요. 결국 가장 센 것은 개인의 의지라구 생각해요. 거저 내 뜻대로 나가는 것―그것이 제일 좋은 방법이요 훌륭한 태도죠. 청년들에게 야유를 당한 후에 즉시 사랑의 행복을 느낀 것을 생각해 봐요. 그 행복 이상으로 값나갈 무엇이 세상에 있겠나를."

"의론한 법두 없구 내 일 나 혼자 처리하려구 하는데 모두 괜히 한몫씩 참여하려구들 드는구료. 끝까지 세상과 싸워 볼 작정이에요. 필경 누가 못 배겨나나 보게."

"하긴 벽도 군은 서울로 원병을 청하러 갔다나요. 혼자 힘으론 부치니까 서울의 동무를 죄다 역설해서 일대 반대운동을 일으키겠다구. 샅바 끈을 단단히 졸라매셔요. 괜히 까딱하다 넘어지지 말게요."

또 새로운 소식에 준보는 귀가 뜨이면서 주빈의 괴덕스러운[7] 목소리로 자연 웃음이 터져 나왔다.

"벽도두 열정가야. 동무를 진정으로 위한다면 그만한 밸은 있어야지. 세상은 재미있는걸. 점점 재미있어 가

rather than going back to studying. I came here for summer break and two months later a miracle happened. What a tremendous change."

"Maybe you're feeling bittersweet? A major change, no matter how happy, can leave you with a tinge of regret."

"But I have so much stuff—piano, record player, bureau, bed, clothing, records, books. It's going to take at least two weeks to pack and ship everything. You'll have to stay well and keep your eyes to yourself."

It was her constant worry. Putting a twinkle in his eye and tugging playfully on her earlobe, he said, "You're a worrywart. What do you think I am, a buzzard, a chameleon?"

"I'm afraid you'll change your mind while I'm gone—all your fans whispering in your ears. I'm really worried. I'd rather kill myself."

"Instead of worrying about me, just keep your heart under control—in case you feel that little tickle that says, 'Run wild!'"

"Stop it. I don't want to hear that anymore. It gives me the creeps."

Looking back at all the ups and downs of their relationship, reflecting on times happy and sad, he

는걸. 사람들은 이 맛에 사는 것이 아닐까."

주빈이 전한 말이 헛소리가 아님은 그가 다녀간 지 이틀 만에 준보는 서울서 온 의외의 편지 한 장을 받게 된 것이었다.

준보가 기왕부터 알고 있는 한 사람의 직업 여성으로 부터 온 충고의 편지였으니 그것이 벽도의 월병운동의 제일착의 첫소리였던 셈이다. 아마도 벽도가 술을 먹으러 가서 비분한 장광설을 한 결과 사연을 듣게 된 그가 동감 찬성하고 드디어 편지를 띄운 것이라고 추측되었다. 서면은 대단한 달필로 여러 장을 들여서 준보의 생각이 미흡하고 행동이 그릇되었음을 지적한 것이었다.

현재의 쓸쓸한 심경을 살필 수는 있지만 평생의 중대사를 어떻게 그렇게 소홀히 작정하느냐—소중한 몸을 아낄 줄 모르고 왜 그리 천하게 굴리느냐—당신 마음을 그토록 당긴 그 여자의 매력을 미워해야 할는지 존경해야 할는지 모르겠다. 동무들이 대단히 걱정하는 걸 민망해서 볼 수 없다. 이 자리로라도 뛰어가서 만류하고 싶으나 먼 길에 그럴 수도 없으니 두 번 세 번 신중히 생각해서 처리해라……

대강 이런 뜻의 걱정을 적었는데 웬일인지 황겁지겁

was amazed it was already becoming the stuff of memories. Add to the equation the comings and goings of others, the intricacies of the human heart and mind, and he felt the sheet of his history with Shil was a proud page of human life. That page brightened their future and kept their hearts warm. The courage to enhance their destiny was in place; it remained only for them to act on their resolve. The future was now, it was time to decide.

It was several days later, amid the typical pattern of a three-day cold spell and a four-day thaw, that Shil finally decided to leave. By now she was telephoning him every day at school, but that day the call came earlier than usual, first thing in the morning.

"I think I'll leave today. I might as well say goodbye."

Leery of the train-station sendoff, she tended to drag out her departures. It was so bothersome, the tearful red eyes of well-wishers discouraging her. Remembering her declaration that she would vanish like a ghost when the time came, he asked with a fluttering heart, "What time is the train?"

"I don't know—actually I'm not sure I'll leave today. Anyway, you'll have your hands full taking care

설렌 듯한 그의 자태가 눈앞에 보여오는 것 같아서 준보는 픽 웃어버렸다.

"괜히들 설레누나. 공연히 필요 이상으로 안달들이구나. 세상이 금시 뒤집힌 거나 같이."

준보야말로 그 원래의 간섭을 미워해야 할는지 존경해야 할는지 모르면서 반 천 리 길이나 일부러 가서 겨우 그런 졸병을 통해서 첫 화살을 보내게 한 벽도의 수고가 또 한 번 생각났다. 편지를 그대로 꾸깃꾸깃해서 휴지통에 넣으려다가 준보는 문득 돌려 생각하고 다시 편지를 곱게 펴 들었다.

"이대로 두었다가 실에게 보이자. 그의 감회가 어떤지 누구의 태도가 더 의젓한지 달어나 보나."

5

편지를 보고 실은 그다지 분개도 하지 않고 도리어 허물없는 웃음을 띠었다.

"글두 명문이구 글씨두 잘 썼구. 그러나 웬 아랑곳일까 주제넘게. 그 여자의 매력이라니 다 무어야 망칙하게."

of your girls. Please take care of yourself. Make sure you get around to the clinic and eat well. Take care, please."

Her repeated reminders about his health touched his heart. Impatiently he kept asking her departure time, but she never did give a clear answer and finally she ended the call.

Expecting she would take the night train, he left school early to prepare a few items for her journey, then called her sister at the café, only to learn Shil had left on the 3 p.m. train. Lost in a fog of disappointment, he tried to comfort himself—maybe it was better this way, less painful, less messy, just as she preferred.

That night he went to the café. Her sister welcomed him with a beaming smile, like a child who'd gotten away with some mischief or other.

"Yes, she's gone. That's the way she likes it, no scenes. If we all send her off at the station, crying and protesting, she can't bring herself to leave. She said you might feel lonely, but she was happy to know you'll be focusing on your health. She has things to take care of in Seoul, then she'll continue on to Tokyo. She'll call you from the one place or the other."

웃는 것은 마음으로부터 웃는 것은 아니었다. 역시 한 줄기 섭섭한 감정이 그의 눈썹 위에 흐르고 있음을 보고 준보는 그런 것을 보인 것이 뉘우쳐도 졌다.

"자꾸만 이렇게 반대들이 일어나면 필경은 곰곰이 반성하시구 제가 싫어지겠죠. 아무리 굳은 마음인들 왜 주위의 지배를 안 받겠어요."

"쓸데없는 소리 또 한다. 그러라구 편지를 뵈었던가. 그 자리로 찢어버리구 안 뵈일 수두 있었는데."

"이대로 솔곳이 죽구만 싶어요. 행복스런 동안에 죽어버리는 것이 제일 아름다울 것 같아요. 앞으로 또 무엇이 올까를 생각하면 진저리가 나요."

"되려 고소해하는 것들 많게. 그것들 보기 싫어서두 오래 살아야 하잖우. 소문두 한때지 언제까지나 남을 쫓아오겠수. 마음을 크게 담차게 먹어요."

준보도 사실 가끔 마음의 평온함을 잃곤 했으나 실의 앞에서는 또 의젓하게 그를 격려하고 위로하는 입장에 서지 않으면 안 되었다. 휘트먼의 시집을 찾아내서 다시 읽기도 하고 서투른 피아노의 합주를 하기도 하고 말없이 의자에 앉고 실은 그 무릎 아래에 앉아서 손을 마주잡고 어느 때까지나 그 소박한 행복감에 잠기기도

"I guess I'd better be patient. I hope she has a safe trip. She was quite finicky about the dates. Is today the Day of Great Peace?"

"Indeed it is. Three of the four directions are free from evil. See?" So saying, she pointed to the calendar on the wall.

You left on a good day, and I pray you return on a good day. May you have peace under heaven and may all go well.

Over and over he repeated the prayer, knowing he wouldn't see her for two weeks. He tried to picture the lucid, grape-like irises of the eyes in her full-moon face. Her untainted voice rang in his ears: *Please take care of yourself. Make sure you get around to the clinic and eat well. Take care, please.*

He was replete with her, body and soul, living and breathing every drop of her.

* The translators acknowledge with gratitude the 1981 Franklin Library edition of Walt Whitman's *Leaves of Grass*, the source of the poems in the translation.

Translated by Bruce and Ju-Chan Fulton

했다.

거리의 소문은 언제면 완전히 꺼져버리려는지 주일이 거듭되고 달이 넘어도 조그만 도전과 걱정거리는 삐지 않았다. 준보가 학교에서 별안간 요란스럽게 울리는 수화기를 잡으면 면목은 있으나 그다지 귀 익지 않은 여자의 목소리가 두 사람의 사건을 비웃는 듯 야유해 왔고 거리에서 간혹 동무들과 술좌석을 같이 하면 입술을 비죽들 거리면서 누구나 한 촉의 화살을 준보에게 던지려고 대기하고 있는 것이었다. 그들을 둘러싸고 있는 그런 험악하고 적의에 넘치고 있는 분위기 속에서 마음은 도리어 단련되고 굳어져가는 것도 사실이었다. 누가 못 견디나 보자 하는 앙심이 생기면서 사면초가의 외로운 속에서 끝까지 항거해 보려는 결의가 솟을 뿐이었다.

보라는 듯이 떳떳이 거리를 다니고 교외를 소요하는 심정 속에도 그런 대항 의식이 숨어 있다고도 하지 않을 수 없었다. 고집스럽게 바라들 보고 빈정거리는 사람들의 시선들을 목석같이 무시해 버리고 두 사람은 두 사람만의 길을 꼿꼿이 걸었다. 두 사람만의 세계를 그렇게 성벽같이 주위와 구별해서 지키면서 그것으로서

도리어 밖 세상까지 또 지배하려고 함은 행복스러운 일이었다. 그 성벽 속에서는 단 두 사람만의 세계이므로 사랑과 이해는 한층 굳어져가고 밖 세상을 지배하려 함에는 커다란 자랑과 교만이 상반하는 까닭이었다. 내 몸의 실력이 충실할 때 밖에 대해 교만함은 유쾌한 일이다. 그 내면에서 솟아 나오는 유쾌한 느낌을 지우고 보충하려는 것이었다.

산속 길을 걸으며 낙엽을 밟고 강을 굽어보고 짙어가는 가을을 관상할 때 실은 다시 장래의 생활 설계를 치밀하게 세웠다. 하루에 몇 시간씩 책 읽고 음악 연습하고 아이들을 지도하겠다는 것. 찻그릇은 어떤 것을 쓰고 요리는 어떻게 만들겠다는 것까지를 찬찬히 계획했다. 그렇게 희망에 넘치는 실의 얼굴은 또 어느 때보다도 빛나고 아름다운 것이었다.

"세상이 정 시끄럽구 말썽이거든 우리 촌에 나가 염소나 기르구 닭이나 쳐요. 네."

실의 이런 제의도 또한 기특하고 아름다운 것이다. 여자의 포부와 각오가 항상 더 원대하고 굳은 것일까.

"좋구말구. 속세에 그렇게 연연해할 것두 없는데 남은 반생을 차라리 전원의 목가 속에서 살 수 있다면 그 역

좋구말구요."

"소와 돼지까지를 기를 수 있다면 더욱 좋겠어요. 일 년 먹을 햄을 맨들어두구 소는 젖을 짜구요. 소가 잘되면 버터 제조업을 시작해두 좋죠. 집에서 손수 버터를 맨들어 먹을 수 있는 처지―전 이걸 인간 생활의 최대의 이상이라구 생각하구 있어요."

"어디 이상을 실현해 봅시다그려. 과히 어렵지 않다면야."

가랑잎이 발 아래에 요란스럽게 울리는 수풀 사이에서 헌칠한 나뭇가지 너머로 푸른 강물을 내려다보고 그 너머 마을의 인가들을 세면서 전원의 명상에 잠김은 그것이 실현되든 안 되든 단지 그것만으로도 행복스러웠다.

초가을부터 시작된 두 사람의 사이는 두어 달을 지나는 동안에 모든 장해를 넘어 더욱 깊어가서 흡사 시절의 걸음과 발을 맞추려는 듯도 했다. 시절이 깊어가면 갈수록 영혼들도 맑아가고 그 열정을 가다듬어 갔다. 날이 으슬으슬해 가고 공기가 차감을 따라 산속을 거니는 날이 적어지고 방 속에서 꿈과 설계에 빠지는 날이 늘어갔다. 첫서리가 허옇게 내려 땅을 덮은 날 실은 조금 조급하게 설렜다.

"정신없이 늑장을 대구 있느라고 이 옷주제[8] 좀 보세요. 거리에선 벌써들 겨울옷들을 입기 시작했는데 아직두 이게 첫가을의 차림 아녜요. 옷벌이란 옷벌은 전부 동경에 두었거든요. 얼른 가서 첫째, 옷을 가져와야겠어요."

"그렇소. 지금 남은 일은 꼭 한 가지밖엔 없소. 얼른 동경 들어가서 짐을 가지구 나올 것."

"참으로 무서운 변화예요. 다시 들어가 공부를 계속할 줄 알았지 누가 짐을 꾸리게 될 줄 알았던가요. 여름휴가로 나왔다가 꼭 두 달 동안에 이 기적이 오구 말았어요."

"되려 섭섭한 것두 같죠. 커다란 변화란 아무리 그것이 행복된 것이래두 한 줄기 섭섭한 느낌을 주는 법인데."

"짐이 좀 많아요. 피아노, 축음기, 의장, 침대, 옷, 레코드, 책. 옳게 꾸려서 부치려면 아마두 두 주일은 걸릴 것예요. 두 주일 동안 안녕하시구 그리구―한눈 파시지 마세요."

언제나 그것이 걱정인 모양이었다. 준보는 번번이 그

것을 대답하기가 실없어서 눈에 웃음을 머금고 실의 귓불을 지긋이 끌어당겼다.

"이 걱정쟁이 같으니 누굴 칠면조나 카멜레온으로 아나부다."

"저 없는 동안에 모두들 충충대서 마음을 변하게 하문 어떻게 해요. 정말 걱정예요. 전 그렇게 되면 죽을걸요 뭘."

"어서 내 염려 말구 당신 마음의 고삐나 든든히 잡아 둬요. 행여나 대중없이 놓여나지나 말게."

"인전 그만뒤요 그런 소리. 듣기만 해두 소름이 끼쳐요."

지난 두 달 동안의 변화와 수많은 굴곡을─행복과 불행의 가지가지를 반성하면서 벌써 그것이 과거가 되고 추억이 된 것이 신기해서 견딜 수 없었다. 뭇 인물들의 왕래와 미묘한 인심까지를 아울러 생각할 때 두 사람이 꾸며놓은 그 조그만 한 폭의 역사가 또한 인간 생활의 장한 한 페이지로 여겨졌다. 그 한 폭을 주초로 하고 앞날의 발전이 훤하게 내다보이는 것이 두 사람의 마음을 한량없이 밝게 해주었다. 스스로의 운명을 스스로들 개척해 가는 용기 앞에는 하나의 확고한 결정이 있을 뿐이었다. 미래에 속하되 미래가 아닌 결정이었다.

삼한이 풀리고 사온이 시작되는 날 드디어 실은 동경으로 길을 떠나게 되었다.

날마다 학교로 오는 전화가 그날은 특별히 아침 일찍이 왔다.

"오늘 떠나게 될는지두 모르겠어요. 안녕히 계셔요."

실은 역에서 보냄을 받기를 좋아하지 않는 성질에 떠나는 날짜의 결정을 언제나 확적히 작정하지 않고 흐려오던 것이었다. 세상에 작별같이 마음 성가신 일이 없어서 역에서 마주보고 눈들을 붉히면 도저히 떠날 용기가 생기지 않는다는 것이었다. 언제나 떠나게 되면 말없이 가만히 떠나겠다고 하던 것을 생각하고 그날 아침 전화로 준보는 혹시 이날이 아닌가 설레면서 물었다.

"몇 시에 떠난단 말요. 몇 시에."

"모르겠어요. 떠날지 안 떠날지 모르겠어요. 아이들 데리구 얼마나 고생하시겠어요. 제발 몸 주의하세요. 병원에 자주 다니시구 많이 잡수시구요. 제발 제발 건강하세요."

열 번 백 번 듣는 이 몸에 대한 주의가 번번이 마음을 울리는 것이었다. 조급하게 차 시간을 거듭 묻고 되물었으나 종시 대답이 없는 전화는 끊어졌다.

떠나도 필연코 밤이려니 생각하고 준보는 학교를 일찍이 나와 그를 보낼 약간의 준비를 갖추어 가지고 저녁 무렵은 되어 가게로 전화를 거니 그의 언니의 대답이 이미 세 시 차로 떠났다는 것이었다. 준보는 한참이나 우두커니 서서 실망이 컸으나 생각하면 실의 말마따나 그편이 되레 성가시지 않고 개운하거니 하고 마음을 눅여도 보았다.

밤에 가게로 내려가니 언니는 금시 장난을 하고 난 아이같이 빙그레 웃으면서 말했다.

"기어코 가만히 떠나고 말았어요. 그 애 성질이 원래 그래요. 여럿이 나가면 결국 울구불구 해서 못 떠나구 만답니다. 잠시 적적은 하시겠으나 그동안 건강하실 테니 되레 안심이라구 기뻐두 해요. 서울 가서 제 심부름을 보군 바로 동경 들어가기로 했어요. 서울서나 동경서 장거리 전화를 걸겠다구요."

"이젠 전화나 기다리는 수밖엔요. 무사하게나 다녀온다면 더 바랄 것이 없죠. 날짜의 길흉을 몹시 가리더니 오늘이 그럼 대안날인가요."

"그렇답니다. 삼벽 대안이에요. 이것 보셔요."

108

하면서 가리키는 벽의 괘력을 바라보니 조그만 글자가 그렇게 짐작되었다.

'떠나두 대안, 돌아와두 대안, 대안날 제발 무사태평하구 만사형통하소서.'

축원의 말을 마음속에 외면서 준보는 두 주일 동안 만나지 못할 실의 자태를 머릿속에 떠올려 보았다. 달덩어리같이 흰한 얼굴과 포도알같이 맑은 눈이 분명하게 뚜렷이 떠올랐다. 맑은 목소리가 아울러 귀에 울려 왔다.

"……제발 몸 주의하세요. 병원에 자주 다니시구 많이 잡수시구요. 제발 제발 건강하세요."

실의 육체와 영혼의 한 방울 한 방울이 한 점 빈틈없이 준보의 속에 그대로 살아 있었다. 준보는 그것을 마음과 육체를 가지고 역력히 느끼는 것이었다.

1) 자자부레하다. '자질구레하다'의 방언(평북, 함북).
2) 따짝거리다. 손톱이나 칼끝 따위로 조금씩 자꾸 뜯거나 진집을 내다.
3) 횅하다. 무슨 일에나 막힘이 없이 다 잘 알아 환하다.
4) 게정. 불평을 품고 떠드는 말과 행동.
5) 소소리패. 나이가 어리고 경망한 무리.
6) 솔곳이. 은연중에 조용히.
7) 괴덕스럽다. 말이나 행동이 실없고 수선스러워 미덥지 못하다.
8) 옷주제. 변변하지 못한 옷을 입은 모양새.

＊ 작가 고유의 문체나 당시 쓰이던 용어를 그대로 살려 원문에
최대한 가깝게 표기하고자 하였다. 단, 현재 쓰이지 않는 말이
나 띄어쓰기는 현행 맞춤법에 맞게 표기하였다.

《춘추(春秋)》, 1942

해설

Afterword

사랑을 통해 드러난 개인의 자율성에 대한 강조

이경재 (문학평론가)

이효석은 한국 근대소설사에서 매우 이채로운 작가이다. 장편소설 『벽공무한』에 등장하는 훈의 "아름다운 것은 태양과 같이 절대"라는 말처럼, 이효석의 문학은 한국문학에서는 드물게도 현실 너머의 아름다운 것에 대한 동경과 지향으로 가득하기 때문이다. 구라파의 세련된 문화나 조선의 향토적 풍경처럼 그 외양이 다를지라도, 그것들은 모두 아름다움의 상징이라는 점에서는 이효석이 추구할 수 있는 동일한 대상들이다. 이효석이 사망하던 해에 발표된 「풀잎」은 이효석의 심미주의를 잘 보여주는 작품이다. 이 작품에서는 그러한 아름다움에 대한 동경이 문학가인 준보와 음악가인 옥실이 나누

An Argument for Individual Autonomy Couched in a Love Story

Lee Kyung-jae (literary critic)

Lee Hyo-seok is an exceptional author in modern Korean fiction history. As indicated by the character Hun's remarks in *Pyŏkkong muhan* [The Infinite Blue Sky], "beauty is an absolute thing like the sun," Lee's works essentially express a longing for beauty, a rarity in Korean literature. Whether Lee pursues refined European culture or indigenous Chosŏn landscapes, they are the same in symbolizing beauty. "Leaves of Grass," published in 1942, the year he died, exemplifies Lee's aestheticism. In this short story, Lee's yearning for beauty is embodied in the love between a writer, Chun-bo, and a musician, Ok-shil.

는 사랑을 통해 드러나고 있다.

이 작품의 준보는 작가 이효석으로 보아도 무방하다. 실제로 「풀잎」을 쓰던 무렵 이효석은 아내를 잃은 지 얼마 되지 않았으며, 작품 속의 준보가 그랬던 것처럼 이효석도 아내를 잃은 후에 새집으로 이사를 하기도 했던 것이다. 또한 준보의 소설에 나오는 등장인물로 실제 이효석 소설의 등장인물인 "미란, 세란, 단주, 일마, 나아자" 등이 언급되고 있다. 「풀잎」에서 준보와 옥실이 나누는 사랑은 삶의 절대적인 가치로 자리매김된다. '풀잎'이라는 작품명은 월트 휘트먼(Walt Whitman, 1819~1892)의 시에서 가져온 것이며, 제목 바로 아래에는 "시인 월트 휘트먼을 가졌음은 인류의 행복이다"라는 부제가 붙어 있다. 준보는 옥실에게 월트 휘트먼의 「풀잎」 일부를 읽어주기도 하는데, 그 시의 내용 역시 다음의 인용문처럼 사랑의 가치를 강조한 것이다.

영웅이 이름을 날린 대도 장군이 승전을 한 대도 나는 그들을 부러워하지 않았노라.

대통령이 의자에 앉은 것도 부호가 큰 저택에 있는 것도 내게는 부럽지 않았노라.

The fictional writer Chun-bo is literally Lee Hyo-seok's alter ego. Like him, Lee had lost his wife recently and moved to a new house soon afterward. Characters in Chun-bo's own fiction—Mi-ran, Se-ran, Tan-ju, Il-ma, and Na-a-ja—also coincide with those in the Lee's own works.

In this short story, the love between Chun-bo and Ok-shil is a thing with absolute value. The story's title, "Leaves of Grass," is taken from Walt Whitman's famous book of poems with the same title. In fact, Lee's work begins with the epigram: "Poet Walt Whitman, God's gift to humankind." In the story, Chun-bo reads excerpts from Whitman's *Leaves of Grass* to Ok-shil, to emphasize the absolute value and supremacy of love, as seen in this quoted passage from Whitman's book:

When I peruse the conquered fame of heroes, and the
victories of mighty generals, I do not envy the
generals,
Nor the President in his Presidency, nor the rich in his
great house;
But when I hear of the brotherhood of lovers, how it
was with them,
How through life, through dangers, odium, unchanging,

그러나 사랑하는 사람들의 우정을 들을 때 평생 동
안 곤란과 비방 속에서도 오래오래 변함없이,

　　젊을 때에나 늙을 때에나 절조를 지키고 애정에 넘
치고 충실했다는 것을 들을 때 그때 나는 머리를 숙
이고 생각하노라.

　　부러워서 못 견디면서 황급히 그 자리를 떠나노라.

　　준보와 옥실의 사랑은 일상적인 논리와 도덕관념을
뛰어넘은 것이라는 측면에서 데카당스적인 면모를 지
니고 있다. 준보는 아내를 잃은 지 채 일 년이 되지 않았
으며, 옥실은 과거 여러 남자들과의 관계로 인하여 평
판이 좋지 않다. 그리하여 이 소설의 절반 정도는 준보
의 주변 사람들이 둘의 사랑을 탐탁지 않게 여기거나
말리는 것으로 되어 있다. 준보의 친구 윤벽이 대표적
인 인물로서, 그는 옥실의 집안과 그녀의 과거 행적을
들먹이며 둘의 교제를 반대한다. 그러나 둘은 절대 흔
들리지 않으며 둘의 사랑을 지켜나간다. 이 작품에서
사랑은 "조건두 이유두 없구 그저 맹목적인 것"이며, 자
멸의 길이 아닌 "창조의 길"이며, "기적이요, 신비요, 꿈"
에 해당하는 것이다. 준보와 옥실은 일반인들과 시대의

long and wrong

Through youth, and through middle and old age, how
unfaltering, how affectionate and faithful they were,
Then I am pensive—I hastily walk away, filled with the
bitterest envy.

The love between Chun-bo and Ok-shil is "decadent" in the sense that it exists outside conventional moral boundaries. It hasn't even been a year since Chun-bo's wife died and Ok-shil is notorious for her multiple previous love affairs. Half of this short story is about how people around Chun-bo do not welcome his love affair and their efforts to separate him from Ok-shil. Chun-bo's friend Yun Pyŏk-do, for example, tries to talk him out of his love affair by criticizing "her family background and her past."

However, Chun-bo and Ok-shil remain firm in their love. Love is presented as something "open and unconditional," a "creative construction," and "miracle, mystery, dreams." Their bond is "true love," however unconventional and extraordinary. In fact, as shown in Chun-bo's remark, "People write to make themselves better human beings, not because they're in love with the idea of being a

고정관념을 뛰어넘은 자신들만의 "참사랑"을 실연해 보이고 있는 것이다. 이 작품에서는 "문학은 인간되자구 하는 것"이라는 말에서 드러나듯이, 예술보다도 사랑이 더욱 숭고한 것으로 강조되고 있다.

흥미로운 것은 준보가 추구하는 사랑이 사회의 일반적인 관념에 맞서 개인의 자율성을 지켜나가는 것과 연결되어 있다는 점이다. 윤벽의 반대에 "자넨 집안과 과거만을 알았지, 본인의 인격과 교양과 기품은 모르는 모양이지"라고 준보가 대답하는 것에서 이러한 특징은 분명하게 드러난다. 이외에도「풀잎」에서는 "내 뜻대로 나가는 것―그것이 제일 좋은 방법이요 훌륭한 태도죠"나 "스스로의 운명을 스스로들 개척해 가는 용기" 등의 말에서처럼, 개인의 의지나 자율성에 대한 강조가 곳곳에 나타난다.

준보와 옥실의 사랑을 통해 나타난 개인의 자율성에 대한 강조는「풀잎」이 발표된 1942년이라는 시대 상황을 고려한다면 나름의 정치적 의미를 가진 것으로 이해할 수도 있다. 그동안「풀잎」은 현실의 비루함과 환멸로부터의 도피적 성격을 지니는 심미주의적인 성격의 작품으로만 이해되어 왔다. 분명 일상의 감각을 뛰어넘은

writer," the author puts love before literature. To him, love is nobler than art.

What's interesting about this argument for love is that it is related to the assertion of personal autonomy set against conventional notions and social norms. This is well illustrated when Chun-bo responds to his friend Yun Pyŏk-do's criticism of his lover: "You can talk all you want about someone's family background and history, and not have a clue about her personality, her sophistication and grace." In addition, there are many phrases that emphasize individual will and autonomy, such as: "Be true to your beliefs and plow on." and "The courage to enhance their destiny."

"Leaves of Grass" has long been considered a simple love story or else an escapist work of aestheticism. However, if we consider its emphasis on autonomy in the love between Chun-bo and Ok-shil in the context of the social and political situation in 1942, it can be interpreted as having political implications as well. Japanese imperialist violence was at its height in 1942; it was a time when "[t]he air raid drills had continued for days, the blackouts at night locking the streets in darkness." Almost everyone was mobilized involuntarily into the imperi-

이들의 사랑에는 그러한 낭만적 성격이 드러나 있다. 그러나 이 작품이 쓰여진 1942년은 일제의 폭력이 극단에 달한 시기로서 "방공연습이 시작된 지 여러 날이 거듭되어 밤이면 거리는 등화관제로 어둠 속에 닫혀"지던 때이다. 둘은 "공습 해제의 틈을 타서 등불이 군데군데 비치"는 거리를 걸어가고 있는 것이다. 이 시기에 거의 모든 사람들은 제국의 전쟁에 (비)자발적으로 동원되었으며, 이러한 상황에서 사적인 영역은 조금도 허용되지 않았다. 이러한 상황에서 자신의 내면에서 우러난 사랑을 끝내 지켜나가려는 준보와 옥실의 태도는 적극적인 저항은 아니더라도 체제에 대한 직접적인 협력은 회피한다는 점에서, 소극적인 저항의 의미가 있는 것으로 바라볼 수도 있을 것이다.

　마지막으로 「풀잎」에 드러난 구라파주의에 대한 작가의 관점을 짚고 넘어갈 필요가 있다. 그동안 이효석의 심미주의는 주로 유럽으로 대표되는 이국적인 것들에 대한 강렬한 동경으로 나타난다고 보았으며, 때로 그러한 구라파주의는 자기비하를 동반하는 것으로 인식되어 왔다. 실제로『화분』이나『벽공무한』등의 몇몇 작품에는 그러한 특징이 나타나기도 한다. 그러나 「풀잎」에

alist war, and, therefore, was not allowed any private realm. Although Chun-bo and Ok-shil do not actively resist this system, they passively resist it by protecting their autonomous realm of love from the comprehensive network of the existing system.

"Leaves of Grass" is also an interesting work in relation to the common labeling of Lee Hyo-seok as an "Eurocentric." Often critics read Lee's strong yearning for the exotic, notably the European, in his aestheticism. They also criticize him for his self-abasement, which is supposed to accompany his yearning for everything European. We can indeed sense some flavor of this somewhat self-deprecating yearning for European culture in his novels *Hwabun* [Pollen] and *Pyŏkkong muhan* [The Infinite Blue Sky]. However, Lee seems to make his position about this accusation clear in this short story, by having Chun-bo explain why he left his former lover: "She was a humble daughter of Chosŏn, yet she considered herself proper and refined, like she was gracing the boulevards of Europe. Her attitude was so wrong, and my heart grew cold." Indeed, "Leaves of Grass" clearly shows that Lee's lifelong pursuit of beauty was far from a blind longing for Europe and its culture.

서는 준보가 이전 연인과 헤어진 이유로 "조선의 가난한 집에 태어났으면서두 마치 구라파의 복판에나 살구 있는 듯이 착각하구 그걸 교양이요 예의라구 생각하는 그 그릇된 태도, 그것이 내 맘을 차차 식혀 주었어요"라고 말하는 대목이 등장한다. 이것은 이효석이 평생에 걸쳐 아름다움을 추구한 행위가, 유럽에 대한 맹목적인 동경과는 거리가 있는 것임을 분명하게 보여주는 증거라고 볼 수 있다.

비평의 목소리

Critical Acclaim

모든 시대를 통해서 씨의 작품의 기조를 이루고 있는 두 개의 기둥인 모더니즘과 애수를 들지 않으면 안 되겠다. (……) 작품에서는 대개는 그 차림새부터가 하이칼라하다. 피아노나 서양 초화부터 그리고 여객기나 문화주택들의 사이로 '유례', '미란'이란 서양 이름과 같은 젊은 여인들이 움직이고 있는 것이다. 이 점 씨는 같은 순수문학 계통에 속해 있으면서도 골동을 사랑하는 이태준 씨와 같은 사람과는 정말 대척적인 입장에 있는 작가이다. 씨의 경우 모더니즘이란 결코 경박한 물질주의는 아니다. 씨의 모더니즘은 씨의 교양이 소치하는 바이고 교양을 구하는 마음 그리고 정신의 향연을 구하

The two pillars of his [Lee Hyo-seok's] literature are modernism and pathos. [...] In his work, usually, people are very fashionable—from a piano and Western herbaceous flowers to airplanes, Western-style houses, and young women with Western-style names, like Yu-rye and Mi-ran. In this sense, he is at the opposite pole from an author like Yi T'ae-jun, who loves antiquities, although they both belong to the "pure literature" camp. For Lee Hyo-seok, modernism is different from superficial materialism. Lee's modernism is nothing other than an expression of his refinement, his yearning for culture, and his desire for a mental feast.

는 마음의 표현 이외의 아무것도 아닌 것이다.

유진오, 「작가 이효석론」, 『국민문학』, 1942년 7월

이효석은 소설을 배반한 소설가다. (……) 소설문학의 기능은 어디까지나 복잡다단하고 심각한 인간생활의 종합적인 반영에 있는 것이며 그 본령은 어디까지나 산문 정신에 있어야 하는 것이다. 여기서 물론 장편소설과 단편소설의 가진 바 형식의 성격적 차이에도 언급해야 하겠지만 이효석의 작품 세계에서와 같이 복잡다단한 인간생활의 종합적 반영과 산문 정신의 전면적 결여가 그의 작가적 기질이나 역량 부족의 소치만이 아니고 그의 인간 기피와 산문(정신) 배격의 의식적 작위에 기인한다고 보지 않을 수 없을 때에는 그의 작품의 대부분이 단편소설이라는 장르의 문제를 떠나서 총체적으로 그는 소설문학 그 자체에 대한 불신임 내지 항거를 한 것이라고 보지 않을 수 없는 것이다.

김동리, 「산문과 반산문」, 『문학과 인간』, 백민출판사, 1948

소설에서 완전에 이르기 위해서는 외계와의 넓고 진지한 교섭과 대결이 필요했을 것이지만 자기의 영토 속

Chin-O Yu, "On Writer Lee Hyo-seok," *Kungmin Munhak* [National Literature], July 1942

Lee Hyo-seok is a fiction writer who betrayed fiction....The function of fiction above all lies in its comprehensive representation of human lives in their complexity and seriousness. Fiction's essential characteristic is above all its prose-like spirit. We should of course take the formal difference between the novel and short stories into account. However, the overall lack of a prose-like spirit and comprehensive representation of complicated human lives in Lee Hyo-seok's fictional world is not necessarily due to his authorial temperament or his lack of capability. And it has nothing to do with the fact that he wrote mostly short stories. Instead, we cannot help seeing it as an expression of his mistrust of or resistance to the genre of fiction itself.

Kim Tong-ni, "Prose and Anti-Prose,"

Literature and Humankind (Seoul: Paengmin, 1948)

In order to achieve perfection in fiction, he [Lee Hyo-seok] probably would have needed earnest and comprehensive interactions and confrontations with the outside world. However, he admitted into

에 안주할 수 있는 것만을 수용해 두고 음미할 수 있는 대상만을 자기의 서정으로 연역하면서 조화와 안정과 시적 정서로 현대 단편이나 산문이 가져야 할 예술성을 고조한 효석의 우리나라 현대문학에 대한 기여는 큰 바가 있으며 이것은 또한 스스로 축소한 자기세계 속에 알뜰하고자 한 효석이 자기 자신의 만족을 위한 의도에서 소산되었을 것이다. 한국 현대문학의 한 지점에 서서 진정한 서구적 현대성을 문학으로써 구상화하여 보였고 단편소설이 가져야 할 예술성과 그 기법면에 새로운 개척의 공헌은 귀중한 것이 있다고 생각한다.

정한모, 「효석론」, 『효석 전집』 5권, 춘조사, 1960

이효석은 타고난 심미주의자(예술지상주의적 성격, 생활에서의 탐미, 데카당스 풍조)였다. 그의 심미주의 작풍은 도대체 일시적으로 유행을 좇는 아류의 그것이 아니었다. 그가 괴로운 현실을 외면하기 위한 도피책으로 아름다움의 세계에 귀의했다고만 보기 어려운 것은 그의 탐미 문학이 그 성격에 있어서 너무나 본격적인 것으로 보이기 때문이다. 그는 도처에서 자기의 심미주의 이론을 개진해 놓고 그것을 작품 속에 반영하는가 하면 몸소

his fictional world only those things that can settle in and be appreciated for a long time. He then deduced them according to his lyricism and heightened their aesthetic quality, which is required of modern short stories or prose, through harmony, stability, and poetic sentiment. This must have originated from Hyo-seok's will to be faithful to himself in the world in which he reduced himself, and it contributed greatly to modern Korean literature. At a juncture in modern Korean literature he embodied Western modernity in the truest sense of the word. His pioneering contribution to the aesthetic quality and technique of the short story genre is invaluable.

Chŏng Han-mo, "On Hyo-seok,"

Complete Works of Hyo-seok vol. 5 (Seoul: Ch'unjo sa, 1960)

Lee Hyo-seok was a born aestheticist—instinctively drawn to the art-for-art's-sake philosophy, aesthetic tendencies in life, and decadence. His aestheticism was not that of a second-rate follower of a trend, though. Furthermore, it is hard to say that he turned to aestheticism to escape a difficult reality, because his aestheticism is undoubtedly sincere. He not only argued for aestheticism in var-

실천하기도 했다. 「문학진폭옹호의 변」이라는 글에서 그가 "문학의 지성이 아니라 문학의 심미역(審美役)—문학의 지성은 곧 심미역으로 통하거니와—이야말로 환멸에서 인간을 구해 내는 높은 방법"이라고 말할 때, 그는 사실상 한 사람의 작가로서 마음에 품고 있던 궁극적 신념을 피력하고 있는 셈이다.

이상옥, 「이효석의 심미주의」, 『문학과지성』, 1977년 봄호

ious essays but also embodied it in his literature and life. In his article "Argument for the Breadth in Literature," he says: "Not intellect but beauty in literature—intellect in literature is connected to beauty, too—is a lofty way to rescue human beings from disillusionment." This remark expresses his ultimate authorial belief.

Yi Sang-ok, "Lee Hyo-seok's Aestheticism,"
Literature and Intellect, Spring 1977

이효석

이효석은 1907년 강원도 평창군 봉평면에서 진부면 장을 지낸 이시후와 강홍경 사이에서 1남 3녀의 장남으로 태어났다. 호는 가산(可山)이며 필명으로 아세아(亞細兒)를 사용하기도 하였다. 1914년에 평창공립보통학교에 입학하였으며, 1920년 평창공립보통학교를 졸업하고 경성제일고보에 무시험으로 입학하였다. 1925년에 경성제일고보를 졸업하고 경성제국대학 예과에 입학하였다. 이 해에 시 「봄」과 콩트 「여인」을 《매일신보》에 발표하였다. 1927년에 경성제국대학 법문학부 영길리(英吉利) 문학과에 진학하였으며, 1928년에 단편 「도시와 유령」을 《조선지광》에 발표하며 동반자 작가로 주목받았다. 1930년 경성제대를 졸업하고, 이듬해 6월에 최초의 창작집인 『노령 근해』를 동지사에서 출판하였다. 같은 해 7월에 나진고등여학교를 갓 졸업한 이경원과 결혼한다. 총독부에 근무하던 일본인 은사의 소개로 잠시 총독부 경무국 검열계에 취직하였다가 그만두고 부인의 고향인 경성으로 내려간다. 1932년 함북 경성농업

Lee Hyo-seok

Lee Hyo-seok was born in 1907, the eldest son among four children to Lee Si-hu, who worked as the village head, and Kang Hong-gyŏng, in Bong-pyeong-myeon, Pyeongchang-gun, Gangwon-do. His nickname was Kasan and he sometimes used the pen name Asea. After graduating from Pyeongchang Elementary School and Kyŏngsŏng High School, he entered Kyŏngsŏng Imperial University Prep Course in 1925. He made his literary debut that year, when his poem "Spring" and short story "A Woman" were published in the *Maeil Sinbo* newspaper. He entered the Department of English Literature of that university in 1927, and drew attention as a "fellow traveler author" from the literary world the next year, when his short story "City and Specter" was published in the magazine *Chosŏn chi Kwang* (Light of Chosŏn). After graduating from the university in 1930, he saw the publication of his first short-story collection, *Along the Russian Coast*, in June 1931. In July, he married Yi Kyŏng-won, a recent Najin High School graduate. He quit his job at

학교에 영어교사로 취직하였으며, 1933년에 '구인회' 창립에 관여하기도 하였다. 1934년 평양 창전리 48번지로 이주하였으며, 1936년 5월 숭실전문학교에 교수로 취임하여 숭실전문이 폐교하는 1938년 3월까지 근무한다. 1939년 숭실전문학교의 후신인 대동공업전문학교의 교수가 되었으며, 창작집 『성화』(삼문사), 장편소설 『화분』(인문사)를 출판한다. 1940년 부인과 차남이 연이어 사망한 뒤 만주 중국 등지로 방랑하다가 돌아와서 가을에 평양 기림리로 이사한다. 1941년 『이효석단편선』(박문서관)과 장편 『벽공무한』(박문서관)을 냈으며, 1942년 5월 결핵성 뇌막염으로 별세한다. 1943년 유고 단편 「만보」가 《춘추》 7월호에 발표되었고, 창작집 『황제』가 박문서관에서 출판되었다.

the censorship bureau of the Government-General, where he worked briefly through his Japanese teacher's introduction, and moved to his wife's hometown of Kyǒngsǒng, Hamgyeongnam-do. He began working as an English teacher at Kyǒngsǒng Agricultural School in Hamgyeongbuk-do and joined the Circle of Nine in 1933 as a founding member. He moved to Pyongyang in 1934 and worked as a professor at Sungsil Professional College in Pyongyang from May 1936 to March 1938, when the school closed. In 1939, he became professor at Taedong Industrial College, the successor of Sungsil Professional College. He saw the publication of his short-story collection *Sǒnghwa* [The Sacred Picture] and novel *Hwabun* [Pollen] the same year. After the successive death of his wife and second son in 1940, he traveled around Manchuria and China and returned to Kirim-ri neighborhood in Pyongyang. After the publication of his *Selected Short Stories of Lee Hyo-seok* and the novel *Pyǒkkong muhan* [The Infinite Blue Sky] in 1941, he died of tubercular meningitis in May 1942. In 1943 his short story "Manbo" was published posthumously in the July issue of *Ch'unch'u* and his short-story collection *Emperor* was published by Pangmun sǒgwan Press.

번역 및 감수 **브루스 풀턴, 주찬 풀턴**

Translated by Bruce and Ju-Chan Fulton

브루스 풀턴, 주찬 풀턴은 함께 한국문학 작품을 다수 영역해서 영미권에 소개하고 있다. 『별사－한국 여성 소설가 단편집』『순례자의 노래－한국 여성의 새로운 글쓰기』『유형의 땅』(공역, Marshall R. Pihl)을 번역하였다. 가장 최근 번역한 작품으로는 오정희의 소설집 『불의 강 외 단편소설 선집』, 조정래의 장편소설 『오 하느님』이 있다. 브루스 풀턴은 『레디메이드 인생』(공역, 김종운), 『현대 한국 소설 선집』(공편, 권영민), 『촛농 날개－악타 코리아나 한국 단편 선집』외 다수의 작품의 번역과 편집을 담당했다. 브루스 풀턴은 서울대학교 국어국문학과에서 박사 학위를 받고 캐나다의 브리티시컬럼비아 대학 민영빈 한국문학 기금 교수로 재직하고 있다. 다수의 번역문학기금과 번역문학상 등을 수상한 바 있다.

Bruce and Ju-Chan Fulton are the translators of numerous volumes of modern Korean fiction, including the award-winning women's anthologies *Words of Farewell: Stories by Korean Women Writers* (Seal Press, 1989) and *Wayfarer: New Writing by Korean Women* (Women in Translation, 1997), and, with Marshall R. Pihl, *Land of Exile: Contemporary Korean Fiction*, rev. and exp. ed. (M.E. Sharpe, 2007). Their most recent translations are *River of Fire and Other Stories* by O Chŏnghŭi (Columbia University Press, 2012), and *How in Heaven's Name: A Novel of World War II* by Cho Chŏngnae (MerwinAsia, 2012). Bruce Fulton is co-translator (with Kim Chong-un) of *A Ready-Made Life: Early Masters of Modern Korean Fiction* (University of Hawai'i Press, 1998), co-editor (with Kwon Young-min) of *Modern Korean Fiction: An Anthology* (Columbia University Press, 2005), and editor of *Waxen Wings: The* Acta Koreana *Anthology of Short Fiction From Korea* (Koryo Press, 2011). The Fultons have received several awards and fellowships for their translations, including a National Endowment for the Arts Translation Fellowship, the first ever given for a translation from the Korean, and a residency at the Banff International Literary Translation Centre, the first ever awarded for translators from any Asian language. Bruce Fulton is the inaugural holder of the Young-Bin Min Chair in Korean Literature and Literary Translation, Department of Asian Studies, University of British Columbia.

바이링궐 에디션 한국 대표 소설 103
풀잎

2015년 1월 9일 초판 1쇄 발행

지은이 이효석 | 옮긴이 브루스 풀턴, 주찬 풀턴 | 펴낸이 김재범
기획위원 정은경, 전성태, 이경재 | 편집 정수인, 이은혜, 김형욱, 윤단비 | 관리 박신영
펴낸곳 (주)아시아 | 출판등록 2006년 1월 27일 제406-2006-000004호
주소 서울특별시 동작구 서달로 161-1(흑석동 100-16)
전화 02.821.5055 | 팩스 02.821.5057 | 홈페이지 www.bookasia.org
ISBN 979-11-5662-067-9 (set) | 979-11-5662-080-8 (04810)
값은 뒤표지에 있습니다.

Bi-lingual Edition Modern Korean Literature 103
Leaves of Grass

Written by Lee Hyo-seok | Translated by Bruce and Ju-Chan Fulton
Published by Asia Publishers | 161-1, Seodal-ro, Dongjak-gu, Seoul, Korea
Homepage Address www.bookasia.org | Tel. (822).821.5055 | Fax. (822).821.5057
First published in Korea by Asia Publishers 2015
ISBN 979-11-5662-067-9 (set) | 979-11-5662-080-8 (04810)

바이링궐 에디션 한국 대표 소설

한국문학의 가장 중요하고 첨예한 문제의식을 가진 작가들의 대표작을 주제별로 선정!
하버드 한국학 연구원 및 세계 각국의 한국문학 전문 번역진이 참여한 번역 시리즈!
미국 하버드대학교와 컬럼비아대학교 동아시아학과, 캐나다 브리티시컬럼비아대학교 아시아
학과 등 해외 대학에서 교재로 채택!